플랜더스의 개

위다 단편선

플랜더스의 개

위다 단편선

위다 지음 | 손인혜 옮김

더클래식

| 차 례 |

| **일러두기** |

책의 인명과 지명은 외래어표기법에 따랐습니다.
단, 지역명인 '플랑드르'는 플랜더스(영어식)'로 표기하였습니다.

플랜더스의 개

넬로와 파트라슈는 세상에 단둘이 남겨졌다.

그들은 형제보다 더 가까운 친구였다. 몸집이 자그마한 넬로는 아르덴* 태생의 소년이었고, 덩치가 커다란 파트라슈는 플랜더스** 지방에서 흔히 볼 수 있는 개였다. 그래서 동갑이지만 한 명은 아직 어렸고 다른 하나는 벌써 늙었다. 둘은 늘 함께 지냈다. 둘 다 고아였고 가난했으며 같은 사람에게 삶을 의지하고 있었다. 그렇게 둘의 우정이 시작되었다. 둘 사이의 끈끈한 정은 날이 갈수록 깊어졌고, 커갈수록 떼려야 뗄 수 없는 사이가 되었다. 둘은 서로를 아주

---

* 프랑스와 접한 벨기에의 고산 지역이다.
** 현지식 명칭은 '플랑드르(Flandre)'이다. 프랑스 북부~벨기에 서부~네덜란드 서부에 걸친 지역으로, 르네상스 시대에 미술(루벤스, 렘브란트, 얀 반 에이크 등)과 음악(오케겜, 오브레히트, 조스캥 데 프레 등)이 크게 발달했다.

깊이 사랑했다.

넬로와 파트라슈는 플랜더스의 작은 마을 언저리에 있는 조그만 오두막에 살았다. 안트베르펜*에서 5킬로미터 정도 떨어져 있는 플랜더스 마을은 평탄한 너른 초원과 옥수수밭 한가운데에 자리하고 있었다. 마을을 가로지르는 커다란 운하를 따라 포플러와 오리나무가 한 줄로 늘어서서 바람에 살랑거렸다. 마을에는 스무채 정도의 농가가 있었는데 덧문은 밝은 초록색이거나 하늘색이고 지붕은 붉은 장밋빛이거나 검은색 또는 흰색이었다. 회반죽을 바른 벽은 햇빛 아래서 눈처럼 하얗게 빛났다.

마을 한가운데에는 이끼가 깔린 언덕 위로 풍차가 서 있었다. 풍차는 밋밋한 시골 풍경 속에서 하나의 이정표가 되었다. 근 반세기 전, 나폴레옹의 군대를 위해 밀을 빻던 시절에는 날개까지 온통 주홍색이었지만 이제는 바람과 햇살에 시달리며 색이 바래 불그죽죽한 갈색으로 변해버렸다. 그리고 늙어서 관절염으로 고생하는 관절처럼 뻣뻣하게 돌다가 말다가 하면서 기묘하게 움직였다. 그래도 마을 사람들은 모두 그곳에서 밀을 빻았다. 그들은 곡식을 다른 곳으로 가져가서 빻으면 마치 불경한 일을 저지르는 것처럼 느꼈다. 풍차 맞은편의 작고 오래된 회색 성당 대신 다른 성당으로 가서 기도를 드리는 것처럼 말이다. 원뿔 모양의 첨탑에서 흘러나

---

* 벨기에의 항구도시로, 루벤스(Peter Paul Rubens)가 화실을 두고 활발하게 작품 활동을 했던 곳이다. 안트베르펜 성모 대성당에 걸려 있는 루벤스의 삼단 성화, 즉 〈십자가를 세움〉, 〈성모 승천〉, 〈십자가에서 내려지는 그리스도〉로 유명하다.

오는 교회의 종은 유럽 북해 연안의 저지대 국가*에 있는 모든 종이 그렇듯 묘하게 가라앉은 공허하고 슬픈 소리로 아침, 점심, 저녁을 알렸다.

넬로와 파트라슈는 아주 어릴 때부터 지금껏 그런 여리고 구슬픈 종소리를 들으며 마을 언저리에 있는 작은 오두막에서 살았다. 오두막 앞에는 파도도 없는 잔잔한 바다처럼 드넓은 초원이 펼쳐져 있었고, 쫙 펼쳐진 옥수수밭 너머 북동쪽으로는 안트베르펜 성당**의 첨탑이 보였다. 오두막에는 아주 늙고 가난한 노인 예한 다스가 살았다. 그는 젊은 시절에 군인이었고 황소가 고랑을 뭉개듯이 전쟁이 자신들의 땅을 짓밟던 일을 기억하고 있었다. 전쟁터에서 상처만 입고 빈손으로 돌아온 그는 전쟁에서 입은 상처로 다리를 절었다.

예한 다스가 여든 살이 되던 해, 아르덴의 스타벨로 근처에 살던 딸이 두 살배기 아들을 남기고 죽었다. 할아버지가 된 예한 다스는 자기 한몸 먹고살기도 힘들었지만 불평 없이 손자를 맡았고, 아이는 곧 그에게 더없이 소중한 존재가 되었다. 니콜라스***의 애칭인 '넬로'라는 이름의 아이는 할아버지와 함께 살면서 무럭무럭

* 벨기에, 네덜란드 등은 해수면보다 지표면이 낮다.
** 벨기에 최대의 고딕 양식 성당으로 '성모 대성당' 또는 '노트르담 성당'으로도 불린다. 이곳에 벨기에에서 가장 높은 123미터짜리 첨탑이 있다.
*** 산타클로스의 이름이다. 성 니콜라스(St.Nicholas 혹은 줄여서 St.Nick)라는 수도사가 가난한 이들을 도우며 살았는데, 훗날 네덜란드식 애칭 '신터클라스(Sinter Klaas)'라고 부르다가 영어식 산타클로스(Santa Claus)가 되었다.

자라났다. 비록 볼품없고 작은 오두막이지만 만족하며 행복하게 살았다.

오두막은 정말 초라하고 조그마한 흙집이었다. 조개껍질처럼 하얗고 깨끗했으며 콩과 허브, 호박을 키우는 작은 텃밭도 있었다. 하지만 할아버지와 넬로는 끔찍하게 가난했고, 아무것도 먹지 못한 채 보내는 날도 많았다. 풍족하게 먹어본 적이 없었다. 양껏 먹을 수만 있다면 그곳이 곧 천국 같았을 것이다. 그러나 가난 속에서도 할아버지는 아이를 아주 다정하게 보살폈고, 아이는 아름답고 마음씨도 순수하고 진실하고 고왔다. 두 사람은 빵 한 조각이나 양배추 몇 잎에도 행복해했고, 하늘이나 땅에 그 이상을 원하지도 않았다. 다만 파트라슈가 언제까지나 그들과 함께하기를 바랄 뿐이었다. 파트라슈가 없으면 어떻게 살아야 할까?

파트라슈는 두 사람에게 전부였다. 보물이자 곳간이었고, 금덩이가 든 금고이자 돈을 부르는 요술 지팡이였다. 생계를 꾸려가는 가장이자 일꾼이었고 위안을 주는 유일한 친구였다. 파트라슈가 죽거나 곁을 떠나면 할아버지와 넬로는 견딜 수 없을 것이다. 파트라슈는 두 사람의 몸이자 머리이며 손발이었다. 목숨이었고 영혼이었다. 예한 다스는 다리를 저는 노인이었고 넬로는 아직 어린아이였기 때문이다. 파트라슈는 그런 두 사람의 개였다.

누런 털에 큰 머리와 다리, 늑대처럼 똑바로 선 귀를 한 이 플랜더스의 개는 여러 세대에 걸쳐 힘든 일을 해오면서 혈통적으로 근육이 잘 발달했고, 활처럼 휜 다리는 튼튼했으며 발바닥은 넓적했다. 파트라슈의 조상들은 수세기 동안 아비에서 아들로 고되고 비참한 노동을 해왔다. 노예의 노예, 하층민들의 개, 수레를 끄는 짐승이었다. 단련된 힘줄로 짐마차를 끌었고 그러다가 길 위의 차디찬 돌 위에서 심장이 멈춰서 죽는 존재였다.

파트라슈의 어미는 두 플랜더스*와 브라반트**를 오가며 평생 고된 노동을 했다. 울퉁불퉁한 돌들이 깔린 여러 도시의 골목길과 그늘 하나 없이 뙤약볕이 내리쬐는 길을 오가며 떠돌았다. 파트라슈는 태어날 때부터 고통과 고된 일 말고는 물려받은 것이 없었다. 욕을 들으면서 자랐고 매질 세례를 받았다. 왜 아니겠는가? 파트라슈는 기독교도의 나라에서 살았지만 단지 개일 뿐인 것을. 파트라슈는 다 자라기도 전에 수레의 무게와 멍에의 쓰라림을 알게 되었다. 채 13개월이 못 되어 북쪽에서 남쪽으로, 파란 바다에서 푸른 산으로 돌아다니는 한 철물상에게 팔려갔다. 파트라슈가 너무 작다면서 옛 주인이 헐값에 팔아버린 거였다.

철물상은 짐승만도 못한 술주정뱅이였다. 파트라슈의 삶은 지옥이었다. 하느님의 피조물인 동물에게 지옥의 고통을 주는 것은 기독교도들이 자신들의 믿음을 보여주는 하나의 방법이었다.*** 새 주인은 브라반트 사람으로 퉁명스럽고 못되고 난폭했다. 그는

---

* 동플랜더스와 서플랜더스 지방을 뜻한다.
** 현재 벨기에의 수도인 브뤼셀이 있는 지방이다.
*** 플랜더스 지방이 오랫동안 신교도와 구교도의 전쟁에 시달렸음을 냉소적으로 표현한 것이다.

13

주전자, 큰 병과 양동이, 도기류, 놋그릇과 양철그릇 등을 수레 한 가득 실은 뒤, 파트라슈 혼자 온 힘을 다해 끌게 했다. 자기는 옆에서 검은 담배 파이프를 물고 뚱뚱한 몸을 흔들며 느릿느릿 걷다가 눈에 띄는 모든 술집에 들렀다.

다행인지 불행인지 파트라슈는 매우 튼튼했다. 그런 잔인하고 고된 일을 시켜도 해낼 수 있는 강철 같은 핏줄을 타고났기 때문이다. 그래서 파트라슈는 인정사정없이 실린 짐수레, 끔찍하도록 무서운 채찍, 굶주림, 목마름, 매질, 욕지거리에 기진맥진하면서도 죽지 않고 불쌍한 목숨을 이어갔다. 네발짐승 중에서 가장 인내심 강하고 근면한 그 희생자에게 플랜더스 사람들이 주는 보답이라고는 고통뿐이었다.

2년 동안 그렇게 죽을 것 같은 고통의 시간을 보낸 어느 날, 파트라슈는 루뱅*을 향해서 평소와 마찬가지로 먼지가 풀풀 날리는 길을 걷고 있었다. 숨이 턱턱 막히는 한여름이었다. 철물과 질그릇이 높이 쌓인 수레는 끔찍하게 무거웠다. 주인은 힘에 부쳐 후들거리는 파트라슈의 등허리에 채찍질을 할 때 말고는 개에게 신경 쓰지 않고 설렁설렁 걷고 있었다. 그 브라반트 사람은 도로변에 술집이 나타날 때마다 들러서 맥주를 마셨지만 파트라슈에게는 개울의 물도 못 마시게 했다. 파트라슈는 땡볕 아래 이글거리는 도로를 하루 종일 아무것도 먹지 못한 채 걸었다. 반나절 가까이 물 한

---

* 브라반트에 있는 한 도시다.

모금도 축이지 못한 채였다. 먼지가 눈앞을 가리고 매질 당한 곳은 욱신거렸으며, 허리에 걸린 무자비한 무게의 수레는 몸을 마비시키는 것 같았다. 파트라슈는 태어나 처음으로 비틀거리며 입에 거품을 물고 쓰러져버렸다.

파트라슈는 이글거리는 태양 아래 흙먼지가 이는 길 위로 쓰러졌다. 죽을 만큼 아팠고 꼼짝도 할 수가 없었다. 주인은 파트라슈에게 줄 수 있는 유일한 약을 주었다. 바로 발로 차고 욕설을 내뱉으며 참나무 몽둥이로 매질을 하는 거였다. 그 약이 파트라슈에게 주어지는 유일한 먹이고 물이며 품삯이자 상이었다. 하지만 파트라슈는 이미 어떤 고통과 욕설도 닿을 수 없는 곳에 있었다. 파트라슈는 여름날 희뿌연 먼지를 뒤집어쓰고 누워서 죽음이 다가오기만을 기다렸다.

한동안 개의 갈비뼈를 발로 차고 귀에다 욕설을 퍼붓던 브라반트 사람은 소용없다는 것을 깨달았다. 개에게서 생명이 사라지고 있었다. 누군가 개의 가죽을 벗겨서 장갑으로 만들지 않는 한 아무짝에도 쓸모가 없고, 그런 개에게 저주를 퍼부어봤자 소용없다고 생각했다. 주인은 작별 인사로 욕설을 마구 퍼붓고는 멍에의 가죽줄을 풀고 수풀 쪽으로 파트라슈의 몸뚱이를 차버렸다. 죽어가는 개를 개미가 물어뜯고 까마귀들이 쪼아대도록 남겨둔 채, 그는 걸쭉한 욕설로 투덜거리고 끙끙거리면서 느릿느릿 수레를 끌고 언덕을 올라갔다.

그날은 루뱅에서 장이 서는 축일 바로 전날이었다. 이브라반트 사람은 시장에서 좋은 자리를 잡으려고 놋그릇을 가득 실은 수레를 서둘러 끌었다. 그는 무섭게 욕지거리를 내뱉었다. 힘세고 참을성 많았던 파트라슈 없이, 혼자 힘으로 수레를 끌고 루뱅까지 힘겹게 가려니 분통이 터졌기 때문이다. 하지만 돌아가서 파트라슈를 돌볼 생각은 전혀 하지 않았다. 어차피 그 짐승은 죽어가고 있으니 이제 쓸모가 없었다. 그는 주인 없이 혼자 돌아다니는 큰 개를 발견하면 훔쳐다가 수레를 끌게 할 심산이었다. 사실 그는 파트라슈를 거의 공짜로 부려먹었다. 2년이라는 잔인한 세월 동안 해가 뜰 때부터 질 때까지, 여름부터 겨울까지, 좋은 날씨든 궂은 날씨든 끊임없이 부려먹었다.

파트라슈는 꽤 쓸모가 있었고 그 덕에 돈도 많이 벌었다. 하지만 이 사내는 제 생각만 했다. 개는 홀로 도랑에서 마지막 숨을 내쉬며 충혈된 두 눈을 새들에게 뽑아 먹히든 말든, 자신은 루뱅의 축제에서 구걸하고 훔치고 먹고 마시며 춤추고 노래할 생각에만 부풀어 길을 재촉했다. 짐수레를 끄는 죽어가는 개 한 마리 때문에 시간을 낭비할 이유가 있겠는가. 개의 고통 때문에 한 줌의 동전과 한바탕의 유흥을 버릴 이유가 없었다.

파트라슈는 그렇게 수풀의 도랑에 버려져 있었다. 그날은 수백 명의 사람들이 걷거나 노새, 마차, 수레를 타고 서둘러서 즐겁게 루뱅으로 향하고 있었다. 파트라슈를 쳐다본 사람도 있었지만 대부분은 눈길도 주지 않았다. 죽어가는 개쯤은 브라반트에서 별일 아니었다. 사실 세상 어디에서도 하찮은 일일 것이다.

한참 뒤에 축제 참가자들 사이로 힘없어 보이는 할아버지가 걸어왔다. 그는 몸집이 작고 등도 굽었으며 다리도 절었다. 전혀 축제에 가는 차림새가 아니었다. 그는 아주 초라하고 불쌍하게 차려입었고 축제를 즐기러 가는 사람들이 내는 먼지 사이를 조용히 느릿느릿 걸었다. 그때 할아버지가 파트라슈를 발견했다. 잠시 멈춰서서 무슨 일인가 생각하더니, 길을 벗어나 풀숲 도랑의 잡초 위에 무릎을 꿇고 앉았다. 그리고 친절하고 동정심 가득한 눈으로 개를 살펴보았다. 할아버지 옆에는 장밋빛 볼에 짙은 눈동자를 가진 조그마한 금발 머리 아이가 서 있었다. 아이는 자신의 가슴 높이까지 오는 수풀을 헤치고 와서 아무런 움직임이 없는 커다란 불쌍한 짐승을 진지한 눈으로 바라봤다.

이것이 조그마한 아이 넬로와 커다란 개 파트라슈의 첫 만남이었다.

예한 다스 할아버지는 죽어가는 개를 아주 힘겹게 자신의 허름한 오두막으로 끌고 갔다. 다행히 오두막은 개가 누워 있던 들판에서 돌을 던지면 닿을 만큼 가까운 곳에 있었다. 할아버지와 넬로는 오두막에서 아픈 개를 정성껏 보살폈다. 파트라슈는 더위를 먹어 정신을 잃은 것이었다. 그늘에서 휴식을 취하자 차츰 정신이 들었고, 황갈색의 네 다리를 조금씩 움직였다.

몇 주 동안 파트라슈는 힘없고 쓸모없이 죽을 듯이 앓기만 했다. 하지만 그런데도 욕설이나 매질을 당하지 않았다. 대신 어린아이의 안쓰러워하는 속삭임과 할아버지의 부드러운 손길만을 느꼈다.

외로운 할아버지와 행복한 어린아이는 아픈 파트라슈를 열심히 돌봤다. 파트라슈는 오두막 구석 건초 더미에서 잠을 잤다. 할아버지와 아이는 어두운 밤이면 파트라슈가 살아 있는지 확인하려고 주의 깊게 숨소리를 들었다. 공허하지만 큰 소리로 처음으로 '컹' 하고 짖자, 두 사람은 파트라슈의 회복을 확신하며 크게 웃었고 기쁨에 들떠 눈물을 글썽였다. 어린 넬로는 살갗이 다 벗겨진 파트라슈의 상처투성이 목에 마거리트 꽃을 엮은 꽃목걸이를 둘러주었다. 그리고 목을 껴안고 작고 보드라운 입술로 뽀뽀해주었다.

그렇게 파트라슈는 조금 수척해지기는 했지만 강하고 힘센 덩치 큰 개로 돌아왔다. 일어나라고 욕하는 사람도 없었고 수레를 끌라고 때리는 사람도 없어서 파트라슈의 슬퍼보이는 커다란 눈망울에 놀란 기색이 어렸다. 파트라슈의 마음에는 커다란 사랑이 피어났고, 살아오는 동안 한 번도 없었던 충성심이 생겨났다.

파트라슈는 감사할 줄 아는 개였다. 엎드린 채 그윽하고 사색에 잠긴 갈색 눈으로 친구들의 움직임을 바라보며 오랫동안 진지하게 생각에 잠겼다.

이즈음 한때 군인이었던 예한 다스는 다리를 절뚝거리면서 매일 작은 수레를 끌었다. 젖소를 키우는 이웃들의 우유통을 안트베르펜까지 배달하면서 생계를 꾸렸는데 그 일도 마을 사람들이 그를 가엾게 여겨서 준 거였다. 그래도 이웃들은 할아버지보다는 사는 게 조금 더 넉넉했기 때문이다. 사실은 이 정직한 사람에게 우유통 운반을 맡기고, 자신들은 집에서 정원을 가꾸고 소, 닭, 오리를 돌보며 작은 텃밭을 일구는 편이 더 좋기도 했다. 그런데 우유 나르는 일이 할아버지에게 점점 힘겨워지기 시작했다. 그는 여든세 살이었고 안트베르펜은 꽤 멀었다.

어느 날 건강을 되찾은 파트라슈는 목에 마거리트 꽃목걸이를 두르고 햇볕 아래 엎드려서 할아버지가 우유통을 나르는 모습을 물끄러미 지켜봤다.

이튿날 아침 파트라슈는 할아버지가 오기 전에 먼저 수레로 가서 손잡이 사이에 자리를 잡고 섰다. 그리고 자신을 보살펴준 보답을 하고 싶다는 듯이, 일을 잘할 수 있다는 듯이 말없이 가만히 서 있었다. 예한 다스 할아버지는 오래 망설였다. 할아버지는 자연의 섭리를 거스르면서 개에게 멍에를 씌워 부려먹는 것은 부끄러운 일이라고 생각했다. 하지만 파트라슈는 물러서지 않았다. 할아버지가 자신에게 멍에를 씌우려 하지 않자, 파트라슈는 이빨로 수레를 끌려고 했다.

파트라슈가 끈질기게 자신을 구해준 은혜에 보답하려고 하자, 결국 할아버지도 두 손을 들고 말았다. 그는 파트라슈가 수레를 끌 수 있게 수레를 고쳤다. 그리고 이 일은 파트라슈가 생을 마칠 때까지 매일 아침 일과가 되었다.

겨울이 다가왔다. 예한 다스 할아버지는 루뱅의 축제 날 도랑에서 죽어가던 개를 구한 행운에 더욱 감사했다. 그는 나이가 많았고 매년 쇠약해졌다. 친구가 된 힘세고 부지런한 동물이 아니었다면, 수레에 우유통을 가득 싣고 눈길이나 바큇자국이 깊게 팬 진흙 위를 다니느라 몸져누웠을 것이다. 파트라슈에게도 천국 같은 시간이었다. 옛 주인과 함께 있을 때는 끔찍한 무게의 짐을 끌고 걸을 때마다 후려치는 채찍을 맞아야 했다. 그때에 비하면 언제나 쓰다듬어주고 칭찬해주는 할아버지 곁에서 빛나는 놋쇠 병이 든 작고 가벼운 초록색 수레를 끄는 일은 마냥 즐거웠다. 게다가 일은 오후 3~4시면 끝났다. 그 후에는 무엇을 하든 자유였다. 햇살 아래서 낮잠을 자거나 기지개를 펴도 되었고, 들판을 돌아다니거나 어린 넬로와 뛰어다니고 다른 개들과 놀아도 좋았다. 파트라슈는 아주 행복했다.

파트라슈에게는 다행스럽게도 옛 주인은 메헬렌의 장에서 술에 취해 싸우다가 죽었다. 그래서 새집에서 사는 행복한 파트라슈를 찾아오거나 방해할 일이 없었다.

몇 년 뒤, 예한 다스 할아버지의 관절염이 심해져서 더는 수레를 끌고 나설 수가 없게 되었다. 그래서 할아버지와 함께 자주 다녀서 안트베르펜 시내를 구석구석 잘 알고 있는 여섯 살 된 어린 넬로가 할아버지의 수레를 맡게 되었다. 넬로는 우유를 팔고 잔돈을 받아서 우유 주인에게 가져다주는 일을 성실하게 해냈고 사람들은 그런 넬로를 모두 좋아했다.

이 어린 아르덴 소년은 아주 예쁘장했다. 진지하고 부드러운 까만 눈에 볼은 발그레했으며, 금발 머리가 목까지 넘실거렸다. 그래서 넬로와 파트라슈가 지나갈 때면 많은 화가들이 둘의 모습을 스케치하곤 했다. 둘은 테니르스, 미리스, 반 탈의 그림에 나올 듯한 모습이었다. 놋쇠 우유통을 실은 초록색 수레, 목줄에 달린 방울을 딸랑거리며 걸어가는 커다란 황갈색의 개, 그 옆에서 하얀 발에 커다란 나막신을 신고 걷는 작은 아이는 루벤스가 그린 아기 천사처럼 사랑스럽고 진지했으며, 순수하고 행복한 모습이었다.

넬로와 파트라슈는 아주 즐겁게 일했다. 여름이 오자 예한 다스 할아버지의 몸도 많이 좋아졌지만 다시 일할 필요는 없었다. 그저 문 옆 양지바른 곳에 앉아서 넬로와 파트라슈가 울타리의 쪽문으로 나가는 것을 지켜보았다. 그 후 꾸벅꾸벅 졸며 비몽사몽 꿈을 꾸거나 소박한 기도를 했고, 마치 시계가 3시라고 알려준 것처럼 다시 깨어나서 넬로와 파트라슈가 돌아오는 것을 기다렸다. 둘이 집에 돌아오면 할아버지는 파트라슈의 가죽 끈을 풀어주었다. 파트라슈는 기뻐서 컹컹 짖으며 몸을 흔들었고, 넬로는 자랑스럽게 그날 일을 이야기했다. 그 다음 셋은 다 같이 안으로 들어가서 호밀 빵과 우유, 수프를 먹고, 드넓은 들판에 그림자가 드리우는 모습을 지켜봤다. 그러다가 저녁노을이 성당의 첨탑에 드리우면 할아버지가 외우는 기도문을 들으면서 평화롭게 잠들었다.

그렇게 몇 년이 흘렀고, 넬로와 파트라슈는 행복하고 순수하고 건강하게 살아갔다.

봄과 여름이면 특히 더 행복했다. 플랜더스는 아름다운 땅은 아니었다. 어쩌면 루벤스가 살던 곳 중에서 가장 사랑스럽지 않은 곳인지도 모른다. 구슬픈 종소리를 울리는 회색의 뾰족탑을 빼면, 아무 특색 없는 평원에 옥수수와 유채, 목초지와 밭만 지겹도록 반복되었다. 짚단을 들고 이삭을 줍는 사람들이나 삭정이단을 든 나무꾼이 오가는 모습이 전부로, 아무런 변화도 다양성도 아름다움도 없는 곳이었다. 산골이나 숲속에 사는 사람이라면 이 지루하고 끝도 없이 광활하고 따분한 들판이 감옥에 갇힌 것처럼 갑갑할 것이다.

그래도 플랜더스는 푸르고 비옥했다. 지루하고 단조로웠지만 드넓은 지평선이 가진 특별한 매력이 있었다. 운하 주변의 골풀 사이에는 꽃들이 피었고, 싱그러운 나무들도 우뚝 서 있었다. 거대한 바지선들이 검은 선체를 뒤로 한 채 태양을 향해 가고 배에 실린 작은 초록색 통들과 펄럭이는 색색의 깃발들이 나뭇잎을 배경으로 멋진 광경을 만들어냈다. 어쨌든 그곳은 넬로와 파트라슈가 충분히 즐길 만큼 푸르고 숨 쉴 공간이 많은 아름다운 곳이었다. 둘은 일이 끝나면 운하 옆의 무성한 풀숲에 몸을 파묻고 누워서 거대한 선박들이 바다 위를 떠다니는 것을 바라보곤 했다. 배가 실어다주는 상쾌한 바닷바람이 시골 여름의 꽃향기에 섞여 불어왔다.

하지만 겨울은 정말로 힘들었다. 뼈가 시리도록 추운 어둠 속에서 일어나야 했고 굶는 날도 많았다. 겨울밤의 오두막은 헛간과 다를 바가 없었다. 따뜻한 날에는 넝쿨들에 뒤덮여서 오두막도 꽤 예쁘게 보였다. 포도 넝쿨은 비록 열매는 맺지 못했지만, 꽃이 피어나고 추수를 하는 계절 내내 오두막을 정말 화사하게 초록으로 장식해주었다. 하지만 겨울에는 바람이 오두막의 흙벽 사이사이를 비집고 들어왔고, 포도 넝쿨도 잎이 다 떨어져 까맣게 말라붙었다. 헐벗은 땅은 아주 황량하고 음울했으며 때때로 집 바닥에 물이 찼다가 그대로 얼어버렸다. 겨울은 혹독했다. 눈이 오면 넬로의 작고 하얀 팔다리가 얼어붙었고, 파트라슈의 용감하고 지칠 줄 모르는 발도 얼음 조각에 상처를 입었다.

하지만 넬로와 파트라슈는 불평하는 법이 없었다. 넬로는 나막신을 신고 씩씩하게 걸었고, 파트라슈도 네 다리로 꽁꽁 얼어붙은 땅을 걸으면서 가죽 끈에 달린 방울을 딸랑딸랑 울렸다. 가끔 안트베르펜 거리의 한 아주머니는 둘에게 수프 한 그릇과 빵 한 조각을 주었다. 또 집으로 돌아가는 길에는 친절한 상인이 난로에 넣을 장작을 작은 수레에 넣어주기도 했다. 마을로 돌아오면 이웃 아주머니가 배달할 우유를 조금 나눠주기도 했다. 그런 날이면 넬로와 파트라슈는 해가 일찍 떨어져서 어스름이 진 눈밭 위를 신나서 소리 지르며 집으로 밝고 행복하게 달려갔다.

그렇게 넬로와 파트라슈는 힘들지만 행복하게 잘 지냈다. 파트라슈가 큰길을 오가며 만난 많은 개들은 해가 뜰 때부터 질 때까지 수고를 한 대가로 매질과 욕을 얻어먹었다. 그런 개들은 발에 차이고 굶주리며 추위에 떨다가 주인에게 버림받고서야 그 고통에서 벗어났다. 그런 개들을 보면서 파트라슈는 세상에서 가장 공정하고 다정한 곳에 있다고 생각하며 자신의 운명에 깊이 감사했다. 물론 주린 배를 안고 잠자리에 들 때가 많았고 한여름의 땡볕 속에서, 살을 에는 동틀 무렵의 겨울 추위 속에서도 일을 해야 했다. 또한 울퉁불퉁하고 날카로운 길바닥에 부드러운 발바닥이 찢어지는 일도 많았다. 강한 체력을 가진 파트라슈도 점점 힘에 부쳤다. 하지만 언제나 감사하고 만족해하면서 매일 자신의 임무를 다했다. 자신을 내려다보는 사랑스러운 미소만 있으면 그것으로 충분했다.

하지만 파트라슈에게도 고민이 하나 있었다. 다 아는 얘기지만 안트베르펜에는 웅장한 석조 건물이 있었다. 구불구불한 골목과 선술집, 그 길목 사이사이 그리고 강가에도 유서 깊고 장엄한 그 잿빛 건물의 기운이 흘렀다. 종소리가 건물 위로 하늘 높이 울려 퍼졌고, 이따금 아치형 문밖으로 커다란 음악 소리가 흘러나왔다. 불결하고 복잡하며, 북적대고 사랑스럽지 못한 곳, 장삿속만 챙기는 그 세속의 한가운데에 과거의 거대한 옛 성지가 오롯이 서 있었다. 그 성지 위로 하루 종일 구름이 흘러갔고 새들은 하늘을 날았으며 바람은 한숨을 쉬었다. 그리고 그 석조 건물 아래에 루벤스가 잠들어 있었다.

그 위대한 거장은 여전히 안트베르펜에 '숨 쉬고' 있었다. 좁은 골목길을 돌 때마다 루벤스의 영광이 곳곳에 스며 있어서 초라한 모든 것이 장엄하게 변했다. 구불구불한 길을, 잔잔한 물가를, 왁자지껄한 거리를 천천히 걷노라면, 루벤스의 눈에 비쳤던 모든 곳에 그의 아름다운 정신이 깃들어 있었다. 한때 루벤스의 발아래 놓여 있던, 그의 그림자를 품었던 돌들이 깨어나 살아 있는 목소리로 루벤스에 대해 이야기하는 것 같았다.

루벤스가 잠들어 있는 그 도시는 루벤스를 통해, 루벤스 때문에 여전히 사람들 사이에 살아 있었다. 루벤스가 잠든 웅장한 하얀 대리석 무덤은 아주 고요했다. 오르간 연주가 울려 퍼지고 성가대가 '여왕이시여, 사랑이 넘치는 어머니'나 '주여, 우리를 불쌍히 여기소서'를 합창할 때 외에는 아주 조용했다. 루벤스의 고향 심장부에 있는 성 자크 성당의 순수한 대리석 무덤보다 더 훌륭한 묘석을 가진 예술가는 아무도 없을 것이다.

루벤스가 없다면 안트베르펜은 무슨 의미가 있을까? 지저분하고 음침하며 소란스러운 시장일 뿐으로, 부둣가의 장사치들이 아니면 아무도 거들떠보지 않을 곳이었다. 루벤스가 있었기에 온 세상 사람에게 안트베르펜은 성스러운 이름, 성스러운 땅, 예술의 신이 빛을 본 베들레헴이자, 예술의 신이 잠들어 있는 골고다가 되었다.

오, 세상의 모든 도시여! 그대의 위대한 사람들을 귀하게 여겨라. 그들을 통해 미래는 그대를 알게 되리라! 그 시대 플랜더스 사람들은 참 현명했다. 루벤스는 살아 있을 때에 플랜더스의 가장 위대한 자가 되어 도시를 빛냈고, 루벤스가 죽자 이번에는 플랜더스가 그의 이름을 칭송했다. 플랜더스처럼 이렇게 현명한 경우는 드물다.

그런데 바로 여기에 파트라슈의 고민이 있었다. 다닥다닥 붙어 있는 지붕 뒤로 웅장하게 솟아 있는, 위대하고도 어쩐지 음침하고 슬픈 석조 건물 안으로 넬로가 자주 들어가는 거였다. 넬로가 그 어두운 아치문으로 사라지면 길 위에 남겨진 파트라슈는 도대체 무엇이 절대 떨어질 수 없는 자신의 단짝을 꾀어냈는지 미치도록 궁금했다. 한두 번 파트라슈는 우유 수레를 끌고 달그락거리며 계단을 올라가서 그게 뭔지 직접 보려고 시도했다. 하지만 항상 은색 체인을 두르고 까만 옷을 입은 키 큰 관리인이 바로 내몰았다. 파트라슈는 어린 주인에게 문제가 생길까 봐 그냥 단념했고, 소년이 다시 나올 때까지 참을성 있게 성당 앞마당에서 기다렸다.

파트라슈는 넬로가 성당에 가는 것을 걱정하는 게 아니었다. 사람들이 성당에 다니는 것쯤은 파트라슈도 알고 있었다. 마을 사람들은 모두 붉은 풍차 맞은편에 있는 작고 허름한 회색 성당에 다녔다. 파트라슈가 걱정하는 것은 어린 넬로가 성당에서 나오면 항상 이상해 보인다는 사실이었다. 홍조를 띠고 있거나 아니면 창백했다. 성당에 들른 날이면 항상 아이는 집으로 돌아와서 조용히 앉아서 놀지도 않고 운하 너머의 노을 진 하늘을 바라보며 몽상에 잠겼다. 슬픈 표정으로 아주 착 가라앉아 있었다.

왜 그러는 것일까? 파트라슈는 궁금했다. 어린아이가 그렇게 심각한 표정을 짓는 것은 자연스럽지 못하고 좋지 않다고 생각했다. 파트라슈는 말은 할 수 없었지만 넬로를 햇살 가득한 들판이나 활기찬 시장으로 데려가려고 나름대로 애썼다. 하지만 넬로는 성당으로만 가려 했다. 다른 곳보다 더 자주 넬로는 성모 대성당으로 갔다. 그래서 파트라슈는 캥탱 마시*가 만든 철문 근처의 돌바닥 위에 앉아서 기지개를 펴고 하품을 하고 한숨을 쉬었다. 가끔 늑대처럼 울부짖어 보았지만 소용없었다. 대성당 문을 닫는 시간이 되어서야 넬로는 어쩔 수 없이 밖으로 나왔다. 그러면 파트라슈의 목을 껴안으며 넓은 황갈색 이마에 뽀뽀하고 항상 같은 말을 속삭였다.

"그걸 볼 수만 있다면, 파트라슈! 단 한 번만이라도 볼 수 있다면!"

그것이 도대체 무엇일까? 애석함과 안타까움이 담긴 커다란 눈으로 넬로를 올려다보며 파트라슈는 생각했다.

그러던 어느 날 관리인이 문을 살짝 열어놓은 채로 나갔다. 파트라슈는 작은 친구를 따라 들어가서 그것의 정체를 알게 되었다. '그것'은 성가대 양쪽에 걸린 그림으로, 커다란 휘장이 쳐져 있었다.

넬로는 〈성모 승천〉이라는 그림 앞에서 무릎을 꿇고 황홀경에 빠져 있다가, 파트라슈가 들어온 것을 눈치채고 일어나서 다정하게 개를 데리고 밖으로 나왔다. 아이의 얼굴은 눈물로 젖어 있었다. 아이는 휘장이 드리워진 그림 앞을 지나면서 그림을 올려다보고 친구에게 중얼거렸다.

"그림을 보여주지 않다니 정말 너무해, 파트라슈. 가난해서 돈

---

* 플랜더스의 화가로 안트베르펜에서 사망했다.

을 내지 못한다고 해서! 그분이 저걸 그렸을 때 가난한 사람은 보지 못하게 할 생각은 전혀 없었을 거야. 그분은 우리가 어느 때라도 매일매일 볼 수 있게 하고 싶었을 텐데, 사람들이 그림을 가려 놨어. 그 아름다운 것을 어둠 속에! 그림은 빛도 보지 못하고 어떤 눈길도 받지 못하고 오로지 부자들만 돈을 내고 보는 거야. 내가 만약 저그림을 볼 수 있다면 죽어도 좋아."

하지만 아이는 그림을 볼 수 없었고 파트라슈도 도와줄 수 없었다. 〈십자가를 세움〉과 〈십자가에서 내려지는 그리스도〉라는 영광을 보려면 은화 한 냥이 필요했고, 넬로가 그 은화를 구하는 것은 성당의 첨탑 높이만큼이나 까마득한 일이었다. 그들에게는 여윳돈이 없었다. 난로에 넣을 약간의 장작과 냄비에 끓일 조금의 죽을 구하는 게 그들이 할 수 있는 최선이었다. 그래서 아이는 휘장에 가려진 루벤스의 위대한 두 작품을 보고 싶다는 끝없는 갈망에 마음이 쓰라렸다.

어린 아르덴 소년의 영혼은 예술에 대한 열정에 사로잡혀 들떴다. 태양이 떠오르기 전 이른 아침에, 사람들이 미처 일어나기도 전에 이 유서 깊은 도시를 걸어 다니며 커다란 개가 끄는 수레에 우유를 싣고 집집마다 배달하는 시골 소년 넬로는 루벤스가 신인 천국을 꿈꾸고 있었다. 춥고 배고프고 양말도 없이 나막신을 신은 넬로는, 겨울바람이 머리카락 사이로 불어오고 낡고 얇은 옷을 들춰도 그 꿈속을 걷느라 힘든 줄 몰랐다. 그 꿈속에서 넬로는 아름답고 고결한 얼굴의 성모를 보고 있었다. 성모 마리아의 어깨에 드리운 금발 머리가 물결치고 영원한 태양이 이마를 비추고 있었다. 넬로는 가난했고 혹독한 운명에 시달렸으며, 글자도 배우지 못했고 사람들의 관심도 얻지 못했다. 그리고 그에 대한 보상인지 저주인지 모를, 천재의 능력을 타고났다.

아무도 그것을 몰랐다. 넬로는 그저 조그마한 어린아이일 뿐이었다. 넬로 자신도 자신이 천재인지 몰랐다. 언제나 넬로와 같이 다니는 파트라슈만이 알았다. 파트라슈는 넬로가 숯으로 돌 위에 그린 그림이 생생하게 살아 숨 쉬는 것을 지켜보았다. 파트라슈는 조그마한 건초 침대 위에서 아이가 거장의 영혼을 향해 수줍게 올리는 애처로운 기도 소리를 들었다. 아이의 얼굴이 저녁노을에 빛나고 새벽에 떠오르는 태양에 장밋빛으로 물들 때 그 눈빛이 어두워지는 것도 보았다. 어린아이의 밝은 눈에서 떨어지는 이상하고 알 수 없는, 고통과 환희가 함께 섞인 뜨거운 눈물이 자신의 주름진 누런 이마 위로 떨어지는 것을 수없이 느꼈다.

예한 다스 할아버지는 침대에 누워 하루에도 몇 번씩 그런 이야기를 했다.

"넬로, 네가 자라서 이 오두막과 작은 땅을 가지고 스스로 밭을 일구고 이웃들이 너를 '나리'라고 부른다면 죽어도 여한이 없겠구나."

작은 마을에서 나리라고 불리며 약간의 땅을 가지는 것은 플랜더스 농부가 이룰 수 있는 가장 큰 꿈이었다. 한곳에서 만족하며 겸손하게 살다가 죽는 것, 그것이 젊었을 때 온 세상을 누비다가 빈손으로 돌아온 늙은 군인이 사랑하는 어린 손자에게 바라는 가장 좋은 삶이었다. 하지만 넬로는 아무 말도 하지 않았다.

그 옛날 루벤스, 요르단스, 반 에이크 같은 훌륭한 화가를 낳은 힘이 넬로 안에 있었다. 더 가까운 시대를 보면, 디종의 오래된 절벽을 만들어낸 뫼즈강이 흐르는 아르덴의 푸른 땅에서 파트로클로스*를 그린 위대한 화가**를 낳은 기운이 넬로 안에 있었다. 물론 그 위대한 화가의 천재성은 우리 시대와 너무 가까워서 그 신성함을 옳게 판단하기가 어렵지만 말이다.

넬로는 조금 다른 미래를 꿈꿨다. 조그만 땅을 경작하고 윗가지 지붕 아래 살면서, 자기보다 조금 더 가난하거나 조금 덜 가난한 이웃들에게 나리라고 불리며 살고 싶지 않았다. 붉은 저녁노을 아래 서 있는 대성당의 첨탑이 자신에게 다른 삶이 있다고 말하는 것 같았다. 안개 낀 어스름한 잿빛 아침에 들판 너머에 솟아 있는 첨탑의 모습이 다른 삶을 이야기했다.

하지만 넬로는 이런 이야기를 오직 파트라슈에게만 했다. 새벽이 밝아오고 안개를 뚫고 함께 일하러 나갈 때나 강가의 바스락대는 수풀 속에 누워서 쉴 때, 넬로는 파트라슈의 귀에 자신의 소망을 천진하게 속삭였다.

그런 꿈은 말을 꺼내기도 어렵고 듣는 사람에게 공감을 얻기도

---

* 트로이 전쟁 이야기 속 비극적 인물로, 아킬레우스의 절친한 친구다.
** 자크 다비드(Jacques Louis David)를 가리킨다.

쉽지 않았다. 그런 말은 아파서 집에 누워 있는 가난하고 늙은 할아버지를 몹시 당황하고 걱정하게 할 뿐이었다. 할아버지에게는 안트베르펜 거리를 터덜터덜 거닐다가 푼돈으로 흑맥주 한 잔을 마시던 술집 벽에 파랗고 빨갛게 덕지덕지 칠해진 성모 마리아 그림이나, 많은 사람들이 태양이 비치는 멀고 먼 땅에서 플랜더스까지 일부러 찾아와서 보려고 하는 유명한 제단화나 마찬가지였다.

파트라슈 말고 넬로가 자신의 대담한 꿈을 말할 수 있는 사람이 또 한 명 있었다. 풀이 무성한 언덕 위의 빨간 풍차 방앗간에 사는 소녀 알루아였다. 방앗간 주인인 알루아의 아빠는 마을에서 제일가는 농부였다. 어린 알루아는 동그란 얼굴에 발그레한 볼, 달콤한 검은 눈을 가진 귀여운 소녀였다. 스페인 통치기를 거치면서 수많은 플랜더스 사람들이 알루아와 같은 검은 눈을 갖게 되었다. 알바 총독*이 플랜더스를 지배할 때, 스페인 미술의 영향으로 곳곳에 장엄한 궁전과 위풍당당한 거리, 금박을 입힌 건물의 문을 남긴 것처럼 말이다. 그렇게 조각된 상인방의 문장마다 역사가 새겨져 있었고 돌 하나하나에 시가 깃들어 있었다.

알루아는 자주 넬로와 파트라슈와 함께 놀았다. 들판에서 뛰놀고 눈밭을 달렸으며, 데이지와 월귤을 모으고 오래된 잿빛 성당도

---

* 가톨릭을 신봉하는 스페인에서, 신교도들이 '네덜란드 독립전쟁(80년 전쟁)'을 일으키자 파견한 군인총독이다. 전쟁이 끝나고 네덜란드는 독립하지만 플랜더스 지방은 계속 스페인의 영향 아래 남아 있었다.

함께 갔다. 그리고 종종 방앗간의 커다란 모닥불 앞에 다 같이 앉아 있었다. 알루아는 마을에서 제일가는 부잣집 아이였다. 형제도 자매도 없었다. 알루아의 파란 모직 드레스는 구멍이 난 적이 없었다. 축제날이면 손에 한가득 금박 포장지로 싼 견과류와 설탕 과자를 받았다. 첫영성체 때는 곱슬곱슬한 아마빛 머리에 최고급 자수 레이스 모자를 썼다. 그 모자는 할머니에게서 엄마로, 엄마에게서 딸로 대대로 내려온 거였다. 알루아는 겨우 열두 살이었지만 사람들은 벌써 탐나는 며느릿감이라고 생각했다. 하지만 알루아는 자신이 물려받게 될 재산에 대해 모르는 명랑하고 순진한 아이였고, 넬로와 파트라슈보다 더 사랑하는 친구는 없었다.

알루아의 아버지 코제 씨는 좋은 사람이지만 고지식하고 엄격했다. 어느 날 코제 씨는 풍차 뒤로 펼쳐진 너른 초원에서 그 어여쁜 아이들을 보았다. 그날은 마침 풀을 벤 날이었다. 자신의 외동딸이 무릎에 커다란 황갈색 개 파트라슈의 머리를 누이고 풀숲에 앉아 있었다. 둘의 목에는 파란 수레국화와 양귀비로 만든 화환도 걸려 있었다. 그 앞에서 넬로가 깨끗하고 매끈한 송판 위에 숯으로 둘을 그리고 있었다.

방앗간 주인은 우두커니 서서 그 초상화를 보다가 눈물이 차올랐다. 그 그림은 정말 아끼고 사랑하는 외동딸과 놀랍도록 꼭 닮아 있었다. 그러나 그는 안에서 엄마를 돕지 않고 빈둥댄다며 아이를 심하게 꾸짖고, 무서워서 우는 딸아이를 집 안으로 들여보냈다. 그런 다음 몸을 돌려 넬로의 손에서 송판을 잡아챘다.

"바보 같은 짓은 많이 했느냐?"

코제 씨는 떨리는 목소리로 물었다.

"눈에 보이는 대로 그렸을 뿐이에요."

넬로는 얼굴이 빨개져서 머리를 숙이고 중얼거렸다.

코제 씨는 잠시 말이 없다가 불쑥 1 프랑을 내밀었다.

"바보 같구나. 시간 낭비야. 그렇기는 하지만 그림이 알루아와 닮았구나. 아이 엄마가 좋아하겠군. 이 은화를 줄 테니 그림을 내게 다오."

어린 아르덴 소년의 얼굴이 어두워졌다. 소년은 손을 등 뒤로 감추고 고개를 들었다.

"돈은 됐어요. 그림은 그냥 가지세요, 코제 나리. 나리는 제게 잘 해주셨잖아요."

소년은 순순히 그렇게 말하고 파트라슈를 불러 들판을 가로질러 갔다.

"저 돈이면 그림을 볼 수 있을 텐데. 하지만 그림을 볼 수 있다 해도 알루아의 그림을 팔 수는 없어."

넬로가 파트라슈에게 속삭였다.

한편 방앗간으로 들어간 코제 씨는 마음이 불편해져서 그날 밤 아내에게 말했다.

"그 녀석을 알루아와 놀지 못하게 해. 앞으로 문제가 생길 거야. 그 녀석은 이제 열다섯이고, 알루아는 열두 살이라고. 게다가 그놈은 얼굴도 곱상하잖아."

"그뿐인가요, 착하고 성실하기까지 하죠."

아내는 송판 위에 그려진 그림을 흐뭇하게 바라보며 말했다. 그림은 참나무로 된 뻐꾸기시계와 납제 십자가와 함께 벽난로 위에 놓여 있었다.

"그래. 나도 아니라고는 못해."

코제 씨가 주석 잔의 포도주를 들이켜며 말했다.

"그러면 당신이 생각하는 일이 일어난다 해도 크게 문제가 될까요? 알루아는 두 사람이 먹고 살아도 충분할 만큼 많은 유산을 물려받을 텐데요. 행복보다 더 중요한 것은 없잖아요."

아내가 망설이며 물어보았다.

"당신은 여자라서 세상을 몰라. 그 녀석은 무가치한 거지일 뿐이야. 게다가 그림쟁이가 꿈이라니 거지보다 더 하지! 앞으로는 둘이 함께 있지 않게 신경 쓰도록 해. 아니면 내가 알루아를 수녀원에 보내버리겠어."

코제 씨가 담배 파이프를 식탁 위에 거칠게 내려치며 말했다.

불쌍한 알루아의 어머니는 겁에 질려서 남편의 뜻을 따르겠다고 약속했다. 하지만 엄마가 나서서 딸아이의 가장 친한 친구를 떼어낼 수도 없었고, 코제 씨도 가난하다는 것 말고는 아무런 죄도 없는 어린아이에게 그렇게 모질게 굴 생각도 없었다. 그래도 알루아를 가장 친한 친구와 멀어지게 할 방법은 많았다.

자존심 강하고 조용하고 섬세한 넬로는 금방 상처 받았고, 파트라슈와 함께 틈만 나면 놀러 가던 오래된 빨간 풍차 방앗간이 있는 언덕에 발길을 끊어버렸다. 자신이 무슨 잘못을 했는지 도저히 알 수 없었다. 넬로는 초원에서 알루아의 초상화를 그린 일로 코제 나리가 화난 것 같다고 추측할 뿐이었다.

그래서 알루아가 넬로를 보고 반갑게 달려와 손을 잡자, 미소를 지으며 아주 슬프고 다정한 목소리로 말했다. 자신보다 알루아를 걱정하는 마음에서였다.

"안 돼, 알루아. 아버지를 화나게 하지 마. 너희 아버지는 네가 나 때문에 일하지 않고 빈둥거린다고 생각하셔. 그리고 네가 나와 함께 있는 걸 좋아하지 않으셔. 너희 아버지는 좋은 사람이고 너를 정말 사랑하시니까 화나게 하지 말자, 알루아."

넬로는 그렇게 말하고 나니 가슴이 미어졌다. 해가 뜨고 집을 나서서 포플러 아래로 쭉 뻗은 길을 파트라슈와 함께 걸어도 예전처럼 세상이 환해 보이지 않았다. 오래된 빨간 풍차 방앗간은 그동안 넬로에게 하나의 이정표였다. 넬로는 항상 그곳을 지날 때면 멈춰서서 그 집 사람들과 반갑게 인사를 했고, 알루아는 고운 금발 머리를 방앗간 쪽문으로 내밀고 작은 분홍색 손으로 파트라슈를 위한 뼈다귀나 빵 조각을 내밀었다. 이제 파트라슈는 닫힌 문을 애처롭게 바라봤고, 넬로는 심장을 찌르는 듯한 아픔을 느끼며 집 앞을 서둘러 지나갔다. 알루아는 집 안에서 난로 옆 작은 의자에 앉아서 뜨개질감 위로 눈물을 뚝뚝 떨어뜨렸다.

코제 씨는 자루를 나르고 방앗간 기계를 돌리면서 마음을 다잡고 혼잣말했다.

"이게 최선이야. 그 녀석은 거지일 뿐이야. 빈둥대면서 말도 안 되는 꿈이나 꾸고 있잖아. 그냥 뒀다가 나중에 무슨 일이 생길지 누가 알아?"

코제 씨는 세상 돌아가는 이치를 잘 알았다. 그는 넬로를 떼어놓기 위해 문을 단단히 닫아걸었고, 어쩔 수 없는 경우에만 형식적으로 문을 열었다. 아이들에게 코제 씨의 그런 행동은 매몰차고 야박해 보였다. 그전까지 두 아이는 파트라슈와 함께 매일 즐겁게, 전혀 거리낌 없이, 행복하게 인사를 나누고, 이야기하고 놀았다. 누구의 간섭도 없이 뛰어놀고 이야기하며 공상을 펼쳤다. 사람의 기분을 금방 눈치채는 파트라슈는 아이들의 기분에 따라 목에 달린 황동 방울을 영리하게 흔들어주곤 했다.

그래도 넬로의 작은 송판은 여전히 뻐꾸기시계와 납제 십자가상과 함께 부엌의 벽난로 위에 걸려 있었다. 넬로는 코제 씨가 자신이 준 선물은 거절하지 않으면서 그렇게 냉대를 하자 너무 가혹하다고 생각했다. 하지만 불평하지 않았다. 불평하지 않는 건 그의 천성이었다. 예한 다스 할아버지는 항상 손자에게 말했다.

"우리는 가난하단다. 신이 준 대로 받아들여야 해. 힘들어도 받아들여야지. 가난한 사람은 선택할 수 없단다."

넬로는 존경하는 할아버지의 말을 항상 묵묵히 새겨들었다. 그렇지만 천재인 그 아이를 이끄는 어떤 희미한, 달콤한 희망이 가슴에서 속삭였다.

"가난한 사람도 때로는 선택할 수 있단다. 그 누구도 부정할 수 없는 훌륭한 사람이 될 수 있어."

순수한 넬로는 여전히 그렇게 생각했다.

그러던 어느 날, 알루아가 운하 옆의 옥수수밭 사이에 혼자 있다가 우연히 넬로를 보았다. 알루아는 한달음에 달려와 애처롭게 울었다. 왜냐하면 내일은 알루아의 영명축일*이기 때문이었다. 매년 부모님은 영명축일에 알루아의 친구들을 불러서 널따란 헛간에서 함께 뛰어놀게 하고 맛있는 저녁도 차려주었다. 그런데 이번 축일에 부모님은 넬로를 초대하지 않았다. 넬로는 알루아에게 뽀뽀해주며 단호한 목소리로 속삭였다.

"언젠간 달라질 거야, 알루아. 언젠간 너희 아버지가 가져간 나의 작은 송판이 그만큼의 은과 맞먹는 가치를 가지게 될 거야. 그러면 나리도 더는 내 앞에서 문을 닫아버리지 않으실 거야. 항상 나를 사랑해줘, 작은 알루아. 항상 날 사랑해준다면 난 훌륭한 사람이 될 거야."

"내가 너를 사랑하지 않는다면?"

어여쁜 소녀는 울다 말고 애교 섞인 투정을 담아 입술을 삐죽 내밀고 물었다. 하지만 넬로는 붉은색과 황금색으로 물든 플랜더스의 밤하늘에 우뚝 솟아 있는 성모 대성당의 첨탑을 응시하고 있었다. 넬로의 얼굴에 떠오른 달콤하지만 슬픈 미소를 보고 어린 알루아는 경외심이 들었다. 넬로가 입을 열었다.

---

* 가톨릭 신자가 자신의 세례명으로 택한 수호성인의 축일이다.

"네가 날 사랑하지 않더라도 난 그냥 훌륭한 사람이 될 거야. 훌륭해지거나 아니면 죽겠지. 알루아."

"넌 날 사랑하지 않는구나."

응석받이 어린아이가 넬로를 밀어내며 말했다. 넬로는 고개를 저으며 싱긋 웃고 키 큰 노란 밀밭 사이로 걸어갔다. 언젠가 멋진 미래가 오면 익숙한 고향으로 돌아와 알루아의 가족에게 환영받는 상상을 했다. 그때가 되면 알루아의 가족들도 거절하거나 부정하지 않고 영광으로 받아들일 것이다. 또 그때가 되면 마을 사람들도 모여들어 자신을 바라보며 이렇게 속삭일 것이다.

"저 사람 봤어? 왕이나 다름없어. 세상이 알아주는 훌륭한 예술가라니까. 옛날에 기르던 개가 도와줘서 겨우 먹고 살던 거지나 다름없었는데. 우리 마을에서 가장 가난한 넬로였는데 말이야."

넬로는 할아버지를 모피와 보라색 옷으로 감싸는 상상을 했다. 성 자크 성당의 성가족* 그림 같은 초상화도 그려드리고, 파트라슈의 목에 금목걸이를 걸어주며 오른쪽에 파트라슈를 앉히고 사람들에게 이렇게 말하는 모습도 상상해봤다.

"이 개는 제 유일한 친구였습니다."

또 대성당의 첨탑이 보이는 언덕에 화려한 정원이 있는 커다랗고 하얀 대리석 집을 짓고, 그 집에 가난하고 친구도 없지만 원대한 꿈을 가진 아이들을 살게 하는 상상을 했다. 그들이 자기 이름

---

* 아기 예수와 성모 마리아와 성 요셉을 말한다.

을 찬양하면 이렇게 말할 작정이었다.

"제게 감사할 필요는 없습니다. 루벤스에게 감사하십시오. 그가 없었다면 저도 없었을 테니까요."

넬로는 아름답고 불가능하며, 순수하고 자유롭고 이기심 없는 꿈을 꾸면서 행복하게 걸어갔다. 그 꿈은 자신의 영웅에 대한 찬사로 가득 차 있었다. 알루아의 영명축일처럼 슬픈 날에도 상상 속에서 행복할 수 있었다. 넬로와 파트라슈가 어둠이 내려앉을 무렵 오두막에서 검고 딱딱한 빵으로 식사하는 동안에, 마을의 모든 아이들은 방앗간에 모여 노래하고 웃으면서 커다랗고 둥근 디종 케이크와 브라반트의 아몬드 생강 빵을 먹었다. 그리고 별빛 아래 플루트와 바이올린 소리를 들으면서 널따란 헛간에서 춤을 추었다.

저 멀리서 방앗간의 즐거운 소리가 밤공기를 타고 흘러나오자, 넬로는 오두막의 문 앞에 앉아 파트라슈의 목을 껴안고 말했다.

"괜찮아, 파트라슈. 괜찮아. 조금씩 달라질 거야."

넬로는 미래를 믿었다. 하지만 넬로보다 경험도 많고 생각도 깊은 파트라슈는 젖과 꿀이 흐르는 미래에 대한 막연한 상상도 지금 이 순간 방앗간 집의 저녁 식사에 초대받지 못한 넬로의 슬픔을 위로해줄 수는 없다고 생각했다. 그래서 파트라슈는 그동안 코제 씨 댁을 지나갈 때마다 항상 으르렁댔다.

그날 밤 예한 다스 할아버지가 구석에 있는 삼베 자루로 된 침대에서 일어나며 물었다.

"오늘은 알루아의 영명축일 아니냐?"

넬로는 맞다고 고개를 끄덕였다. 아이는 할아버지의 기억력이 가물가물하길 바랐지만 아주 정확했다.

"그런데 왜 거길 안 가고? 한 번도 빠진 적이 없었잖느냐, 넬로?"

할아버지가 물어보았다.

"할아버지가 아프셔서 그냥 갈 수가 없었어요."

넬로가 잘생긴 얼굴을 할아버지 침대 위로 기울이며 얼버무렸다.

"쯧쯧! 눌레테 수녀님을 부르면 되지. 자주 와주시지 않느냐. 뭐가 문제냐? 넬로, 그 아이랑 다툰 거냐?"

할아버지가 말했다.

"아뇨, 할아버지. 그럴 리가요."

넬로가 빨개진 얼굴을 재빨리 숙이며 말했다.

"사실은 코제 나리가 이번에는 절 초대하지 않았어요. 요즘 저를 멀리하세요."

"무슨 잘못이라도 했니?"

"잘못한 건 없는데……. 송판에 알루아의 초상화를 그렸을 뿐이에요. 그게 전부예요."

"아!"

할아버지가 입을 다물었다. 넬로의 순진한 대답에 모든 답이 들어 있었다. 할아버지는 흙으로 지은 오두막 한구석의 마른 잎으로 된 침대 위에서 꼼짝도 못하는 신세였지만, 아직 세상이 어떻게 돌아가는지 완전히 잊어버리지는 않았다.

할아버지는 넬로의 금발 머리를 부드럽게 자기 가슴으로 끌어

당겨 다정하게 안아주었다. 나이가 들어 떨리던 할아버지의 목소리가 더욱 떨렸다.

"가난해서 어떡하니, 우리 아가. 이렇게 가난해서 어쩌지……. 네게 너무 가혹하구나."

"아니에요. 전 부자예요."

넬로가 속삭였다.

넬로는 순진하게도 자신이 왕보다도 더 강한 불멸의 힘을 가진 부자라고 생각했다. 넬로는 조용한 가을밤 오두막 문간에 서서 별들이 무리 지어 지나가고, 커다란 포플러나무의 구부러진 가지가 바람에 흔들리는 것을 지켜보았다. 방앗간의 모든 여닫이창에 불이 켜졌다. 때때로 플루트의 선율이 들려왔다. 넬로의 뺨에 굵은 눈물이 흘러내렸다. 그래도 그는 미소 지으며 혼잣말했다.

"훗날에는!"

넬로는 온 세상이 조용해지고 어두워지기를 기다렸다가 파트라슈와 함께 집 안으로 들어와 그 옆에서 오랫동안 깊이 잠들었다.

이즈음 넬로와 파트라슈만 아는 비밀이 생겼다. 오두막에는 넬로 말고 아무도 들어가지 않는 헛간이 있었다. 음침하지만 북쪽으로 난 창으로 빛이 충분하게 들어오는 곳이었다. 여기서 넬로는 혼자서 울퉁불퉁한 나무토막으로 조잡하게 이젤을 만들어 놓고, 머릿속에서 떠오르는 수많은 상상 중의 하나를 넓은 바다처럼 쫙 펼쳐진 종이 위에 그렸다. 아무도 넬로에게 그림을 가르쳐주지 않았고 색색의 그림물감을 살 돈도 없었다. 넬로는 어설픈 그림 재료들이라도 구하느라 빵을 못 먹은 날도 많았고, 그나마도 하얀색과 검은색으로밖에 표현할 수 없었다.

넬로는 쓰러진 나무 위에 앉아 있는 노인을 목탄으로 그리고 있었다. 그게 다였다. 넬로는 미셸이라는 나이 든 나무꾼이 거의 매일 저녁 쓰러진 나무 그루터기 위에 앉아 있는 것을 보았다. 넬로에게 밑그림이나 원근감, 인체 비례나 명암에 대해 말해주는 사람은 없었다. 그래도 넬로는 지치고 녹초가 된 나이 든 남자를, 온갖 풍파를 겪은 남자의 얼굴을 독특한 분위기로 그려냈다. 그림 속 남자의 얼굴에는 수심 가득하면서도 인내와 인고의 세월을 지나온 표정이 어렸고, 죽은 나무 위에 앉아서 홀로 생각에 잠겨 있는 그 늙고 외로운 남자 뒤로 어둠이 내려앉았다. 그 모습은 넬로의 그림으로 한 편의 시가 되었다.

물론 대충 그린 듯 거친 부분도 있고 흠잡을 데도 많았다. 그래도 넬로의 그림은 사실적이었고 자연스러웠다. 진정한 예술이었고 애절했으며 아름다웠다.

파트라슈는 매일의 일상적인 노동 후에 넬로의 그림이 점점 발전해가는 것을 지켜보면서 아주 오랜 시간을 조용히 엎드려 기다렸다. 파트라슈는 헛된 꿈일 수도 있지만 넬로가 원대한 희망을 품고 있는 것을 알고 있었다.

넬로는 그 멋진 그림을 상금 200프랑이 걸린 대회에 출품하려고 했다. 매년 안트베르펜에서 열리는 그 미술 대회는 학생이든 소작농이든 상관없이 18세 이하의 재능 있는 청소년이라면 누구나

참가할 수 있었다. 다른 사람의 도움을 받지 않고 목탄이나 연필로 그림을 그려 제출하면 루벤스의 도시에서 가장 유명한 화가들이 심사하여 우승자를 뽑았다.

이른 봄부터 여름을 지나 가을이 오기까지 내내 넬로는 미술 대회에 그림을 출품하려고 공을 들였다. 만약 그림이 뽑힌다면 경제적으로 독립할 발판을 마련할 수 있었고, 열정만 가지고 맹목적으로 동경하던 예술의 세계에 첫발을 내디딜 수 있었다.

넬로는 아무에게도 말하지 않았다. 할아버지도 이해하지 못할 테고 알루아도 만날 수 없었다. 오직 파트라슈에게만 모든 것을 말했다.

"루벤스 님이 내게 상을 주실 거야. 내가 출품한 줄 아신다면 말이야."

파트라슈도 그렇게 생각했다. 왜냐하면 루벤스는 개를 사랑했다. 그렇지 않다면 개를 그렇게 정교하게 정성 들여 그렸을 리가 없었다. 그리고 파트라슈가 알기로 개를 사랑하는 사람은 항상 정이 많았다.

그림은 12월 1일까지 제출해야 했고, 심사 결과는 크리스마스이브인 24일에 나올 예정이었다. 그래서 우승자로 뽑히면 가족, 친지들의 축하를 받으면서 크리스마스를 즐길 수 있었다.

매서운 어느 겨울 새벽, 넬로는 희망으로 가득 찼다가 두려움에 질렸다가 하면서 두근거리는 가슴으로 위대한 자신의 그림을 작은 초록색 수레에 실었다. 그리고 파트라슈의 도움을 받아 도시로 가져가서 명시된 대로 공회당 문 앞에 가져다 놓았다.

"아마 아무 소용없을지도 몰라. 내가 어떻게 알겠어?"

갑자기 자신감을 잃은 넬로는 심장이 조여 왔다. 막상 그림을 두고 오니까 무모하고 쓸데없고 바보 같은 꿈을 꾼 것만 같았다. 맨발에 자기 이름도 겨우 쓰는 어린 소년의 그림을 위대한 화가, 진짜 예술가가 쳐다보기나 할까. 하지만 성모 대성당을 지나면서 다시 용기가 솟았다. 안개와 어둠 속에서 루벤스의 위풍당당한 형체가 눈앞에서 솟아올라 그 장려함을 보여주는 것 같았다. 그는 입가에 다정한 미소를 띠고 이렇게 속삭이는 듯했다.

"용기를 내렴! 내 이름을 안트베르펜에 떨칠 수 있었던 것은 소심한 마음이나 두려움이 아니란다."

마음이 한결 편해진 넬로는 차가운 밤공기를 헤치며 집으로 달려갔다. 넬로는 최선을 다했다. 나머지는 신의 뜻에 맡기자. 넬로는 버드나무와 포플러나무 사이에 있는 작은 잿빛 성당에서 배운 대로 순수하게 의문 없는 믿음으로 그렇게 생각했다.

벌써 겨울이 성큼 다가왔다. 그날 밤 넬로와 파트라슈가 오두막에 도착한 후부터 내리기 시작한 눈은 며칠 동안이나 계속 내렸다. 눈으로 들판의 모든 길과 밭두렁이 사라져버렸고, 작은 시냇물도 죄다 얼어버렸다. 추위가 들판을 뒤덮었다. 그래서 아직 세상이 어둠 속에 잠겨 있을 때, 어둡고 조용한 도시를 향해 우유를 배달하러 나가는 것은 더욱 고되었다.

특히 파트라슈에게 더 힘겨웠다. 세월이 흘러가면서 넬로는 점점 힘센 소년으로 자랐지만 파트라슈는 점점 늙어갔다. 파트라슈의 관절은 뻣뻣해졌고 자주 쑤셨다. 그래도 자신의 임무를 포기하려 하지 않았다. 넬로는 기꺼이 파트라슈의 자리에서 스스로 수레를 끌려고 했지만 파트라슈는 그렇게 놔두지 않았다. 파트라슈가 허락하고 받아들일 수 있는 일은 통나무를 넘어가거나 바퀴 자국이 난 채로 얼어버린 곳을 통과할 때 넬로가 뒤에서 밀어주는 정도였다.

파트라슈는 넬로를 위해 멍에에 묶여 살아온 것을 자랑스럽게 생각했다. 파트라슈는 때때로 서리와 험한 길, 다리의 관절염 때문에 고통스러웠지만, 숨을 한번 고르고 탄탄한 목을 숙인 채 끈기 있게 꾸준히 앞으로 걸어나갔다.

"파트라슈, 이제 그만 집에서 쉬어. 넌 쉴 때가 됐어. 수레는 내가 끌게."

아침마다 넬로는 이렇게 이야기했다. 파트라슈는 넬로가 하는 말을 잘 이해했지만, 임무가 부르는데 가만히 있어야 하는 베테랑 군인처럼 집에 남아 있는 것을 싫어했다. 파트라슈는 매일 일어나면 멍에를 쓰고 들판에 쌓인 눈 위로 둥그런 네 개의 발자국을 남기며 터덜터덜 걸어갔다.

'죽을 때까지 쉬지 않겠어'

파트라슈는 그렇게 생각했다. 그리고 가끔씩 그날이 머지않았다고 느꼈다. 예전처럼 시력도 좋지 않았고, 밤잠을 자고 나면 일어나기가 점점 힘들어졌지만, 대성당의 종이 5시를 치면 지푸라기 위에서 꾸물대지 않고 벌떡 일어났다.

예한 다스 할아버지는 항상 작은 빵 쪼가리를 나눠주던 쭈글쭈글한 손을 뻗어 파트라슈의 머리를 쓰다듬어주며 말했다.

"가여운 파트라슈, 너와 내가 함께 가만히 누워서 쉴 날이 그리 머지않았구나."

나이 든 개와 노인의 마음은 같은 생각으로 아려왔다. 우리가 가고 나면 누가 사랑스러운 넬로를 돌봐줄까?

어느 날 오후, 넬로와 파트라슈가 눈을 밟으며 안트베르펜에서 돌아오는 길이었다. 대리석처럼 단단하고 미끄럽게 얼어버린 플랜더스 평원을 지나던 둘은 탬버린을 치는 모양의 작은 꼭두각시 인형을 주웠다. 빨간색과 금색으로 되어 있었고 15센티미터쯤 되는 인형이었다. 운명의 여신이 위대한 인간의 손을 놓아버렸을 때는 만신창이가 되는데, 인형은 망가지거나 흠집 난 곳이 하나도 없었다. 예쁜 인형이었다. 넬로는 주인을 찾으려 했지만 찾지 못했고, 문득 알루아에게 주면 좋아하겠다고 생각했다.

넬로가 방앗간을 지나갈 무렵엔 조용한 밤이었다. 넬로는 알루아 방의 작은 창문을 알고 있었다. 길에서 주운 작은 인형을 소꿉동무였던 알루아에게 준다 해도 별로 잘못된 일은 아니라고 생각했다. 알루아의 방은 헛간 지붕 위에 있었다. 넬로는 헛간 지붕으로 올라가 조용히 덧창을 두드렸다. 안쪽에서 옅은 빛이 흘러나왔다. 알루아가 창문을 열고 반쯤 겁에 질려 내다보았다. 넬로가 탬버린 치는 인형을 알루아의 손에 놓으며 속삭였다.

"눈 속에서 주웠어, 알루아. 가져. 신의 가호가 있길!"

넬로는 알루아가 고맙다는 말도 하기 전에 헛간 지붕에서 내려와서 어둠 속으로 달려갔다.

그런데 그날 밤 방앗간에 불이 났다. 별채와 많은 곡물이 불에 탔다. 그래도 방앗간과 사람들이 살고 있는 본채는 타지 않았다. 마을 사람들 모두 깜짝 놀랐다. 안트베르펜에서 눈을 헤치고 소방차가 왔다. 방앗간 주인인 코제 씨는 보험을 들어놓아서 손해 본 것은 없었다. 그래도 그는 몹시 화를 내며 불이 난 것은 사고가 아니고 누군가 악의를 가지고 한 일이라고 딱 잘라 말했다.

넬로는 잠을 자다가 깨서 다른 사람들과 함께 도우러 달려갔다. 하지만 코제 씨는 화를 내며 넬로를 한쪽으로 밀치고 거칠게 말했다.

"네놈이 어두워진 뒤에 이곳을 돌아다녔지? 내 영혼을 걸고 말하는데, 너 자신이 알겠지? 왜 여기에 불이 났는지 말이야."

넬로는 영문을 모르겠다는 표정으로 가만히 그 말을 듣고 있었다. 코제 씨가 진심으로 하는 말이라고는 생각지도 못했다. 이런 상황에서 그런 농담을 할 사람은 더 없을 텐데 미처 그런 생각할 겨를도 없이 그저 듣고만 있었다.

그러자 코제 씨는 그 다음 날 그 잔인한 말을 이웃들이 모여 있는 자리에서 또다시 했다. 사람들은 넬로 짓이라고 생각하지 않았지만, 그날 해가 진 후에 방앗간 주변에서 넬로를 봤다느니, 코제 나리가 알루아와 만나는 것을 금지해서 넬로가 원한을 품었다느니 하는 소문이 돌았다.

작은 마을 사람들은 언젠가 알루아의 재산이 자신의 아들 것이 되리라는 희망을 품고, 비열하게 제일 부자인 지주의 말을 따르고 눈치를 봤다. 그래서 예한 다스 할아버지의 손자에게 엄한 눈길과 차가운 말을 쏟아부었다. 아무도 넬로에게 말을 걸지 않았다. 마을 사람들 모두 똘똘 뭉쳐서 방앗간 주인의 말에 장단을 맞추었다. 매일 아침 넬로와 파트라슈가 안트베르펜으로 가져갈 우유를 받으러 가던 오두막과 농장에서, 환한 미소와 반가운 인사 대신 눈을 내리깐 채 짤막한 지시사항만 내뱉었다.

방앗간 주인의 말도 안 되는 의심이나 마을에 떠도는 터무니없는 소문을 정말로 믿는 사람은 아무도 없었다. 하지만 그들은 모두 가난했고 무지했다. 마을에서 제일가는 부자가 넬로를 적대시하는 게 분명한 상황이었다. 넬로에게는 자기편도 없었고 그저 순진하기만 했다. 마을 사람들의 이런 분위기를 바꿀 힘이 없었다.

"당신, 그 아이에게 너무하셨어요. 넬로는 순진하고 성실한 아이예요. 아무리 마음에 상처를 입어도 악한 짓 같은 건 꿈도 못 꿀 아이죠."

방앗간 주인의 아내가 용기를 내 남편에게 울면서 말을 꺼냈다. 하지만 코제 씨는 고집 센 사람이었다. 속으로는 자신이 한 일이 부당하다는 것을 알았지만 한번 꺼낸 말을 바꾸기 싫었다.

넬로는 사람들이 주는 상처를 묵묵히 견뎌냈다. 긍지를 갖고 인내했고, 무시당해도 불평하지 않았다. 넬로는 늙은 파트라슈와 단둘이 조용히 있을 때만 마음을 보였다.

"대회에서 우승하면! 아마 사람들도 미안해하겠지."

넬로는 채 열여섯도 되지 않은 소년이었다. 그 짧은 인생 동안 작은 마을 안에 살면서 마을 사람들의 보살핌과 응원을 받으며 어린 시절을 보냈다. 그런데 그 작은 세상 전체가 아무 잘못도 없는 그에게 등을 돌렸다. 어린 넬로가 견디기에는 힘겨운 일이었다. 특히 눈이 쌓여서 먹을 것도 없는 황량한 겨울에 빛과 따뜻함을 찾을 수 있는 유일한 곳은 마을의 난로와 이웃들의 따뜻한 인사뿐이었기에 더욱 힘겨웠다. 겨울은 모든 마을 사람들이 서로 가까워지는 계절이었지만, 넬로와 파트라슈에게는 아니었다. 이제 아무도 그들 곁에 있어주려 하지 않았다.

넬로와 파트라슈는 병환으로 침대에 누워 있는 할아버지와 작은 오두막에서 외따로 떨어져 살아가야 했다. 게다가 불도 겨우 때고 식탁에 빵도 없는 날이 더 늘어났다. 왜냐하면 안트베르펜에서 나귀를 끌고 온 장사꾼이 여러 농장에서 우유를 사들였기 때문이다. 겨우 서너 집만 그 장사꾼에게 우유를 팔지 않고 여전히 넬로의 작은 초록색 수레에 맡겼다. 그래서 파트라슈가 끌어야 하는 짐은 아주 가벼워졌지만, 넬로의 지갑으로 들어오는 동전도 아주 가벼워졌다.

파트라슈는 항상 하던 대로 우유를 받던 익숙한 모든 집 앞에 멈춰 서서 굳게 닫힌 문을 애처롭게 말없이 바라보았다. 문도 닫고 마음도 닫은 이웃들은 가슴이 아팠지만, 파트라슈가 다시 빈 수레를 끌고 가게 그냥 놔두었다. 그들은 코제 씨의 눈치를 보느라 그렇게 했다.

크리스마스가 가까워졌다.

날씨는 아주 험하고 추워졌다. 눈이 어른 키보다 높이 쌓였고, 운하의 얼음은 단단하게 얼어서 황소나 사람이 올라서도 될 정도였다. 이맘때 작은 마을은 항상 즐겁고 흥겨웠다. 제일 가난한 사람 집에도 우유와 술과 케이크, 설탕으로 만든 성자상과 금박을 입힌 예수상이 있었고, 농담을 하고 춤을 추었다. 어디서나 플랜더스 말의 목에 달린 종이 명랑하게 울렸다. 어느 집이나 냄비에 죽이 가득 차서 보글거렸고 난로에서 연기가 피어올랐다. 눈길 위에는 어디에서나 처녀들이 웃고 재잘거리며, 밝은 스카프로 머리를 싼 채 두텁고 긴 상의를 입고 미사를 다녔다. 오직 작은 오두막 하나만 아주 을씨년스럽고 너무 추웠다.

넬로와 파트라슈는 이제 완전히 단둘이 남겨졌다. 크리스마스가 며칠 남지 않은 어느 날 밤, 오두막을 찾아온 죽음이 가난과 고통 속에서 살아온 예한 다스 할아버지의 생명을 영원히 가져간 것이다. 할아버지는 아주 오래전부터 손을 조금 움직이는 것 말고는 전혀 움직이지 못했고, 다정한 말을 하는 것 말고는 아무 힘도 없었다. 그래도 할아버지의 죽음은 남은 둘에게 크나큰 충격이었다. 넬로와 파트라슈는 할아버지를 위해 슬피 울었다.

할아버지는 잠자는 동안 둘을 떠났다. 잿빛 하늘이 밝아오고 나서야 넬로와 파트라슈는 할아버지가 돌아가신 걸 알았고, 말할 수 없는 고독과 적막감에 휩싸였다. 할아버지는 가난했고 힘도 없었으며 손 하나 들지 못해 둘을 지켜줄 수도 없었다. 그래도 할아버지는 온 마음을 다해 둘을 사랑해주었다. 집에 돌아오면 언제나 웃는 얼굴로 맞아주었다.

넬로와 파트라슈는 한없는 슬픔에 잠겼고 그 무엇도 둘을 위로해줄 수 없었다. 하얀 눈이 내린 어느 겨울날, 할아버지의 전나무 관은 작은 회색 성당의 이름 없는 무덤으로 갔다. 세상에 친구 하나 없이 남겨진 어린 소년과 늙은 개가 유일한 조문객이었다.

방앗간 주인의 아내는 난롯가에서 담배를 태우는 남편을 힐끗 보면서 생각했다.

'이제 좀 누그러졌나 모르겠네. 그 불쌍한 아이가 집에 드나들어도 된다고 하려나.'

코제 씨는 아내가 무슨 생각을 하는지 알았지만 마음을 단단히 먹고는, 작고 소박한 장례 행렬이 지나갈 때 문을 조금도 열어두지 않았다.

"그 애는 거지야. 알루아에게 어울리지 않아."

코제 씨는 혼잣말했다.

아내는 감히 말 한마디 꺼내지 못했지만 관이 묻히고 조문객들이 돌아간 후 알루아의 손에 작은 국화 화환을 쥐어주었다. 그리고 비석도 없이 까만 흙만 덮여 있을 예한 다스 할아버지의 무덤에 공손히 놓고 오라고 시켰다.

넬로와 파트라슈는 찢어지는 가슴을 부여잡고 집으로 돌아왔다. 초라하고 우울했으며 즐거운 일이라고는 없는 집은 둘에게 전혀 위로가 되지 못했다. 게다가 초라한 오두막은 한 달 치 월세가 밀려 있었다. 할아버지를 위한 슬픈 장례식을 끝내고 나니 넬로에게는 동전 한 푼도 남아 있지 않았다. 넬로는 오두막 주인인 구두장이에게 가서 자비를 베풀어달라고 애원했지만, 매주 일요일 밤마다 코제 씨와 함께 와인을 마시고 담배를 피우는 구두장이는 자비를 베풀어주지 않았다. 돈을 좋아하는 냉혹한 구두쇠인 그는 집세로 냄비와 주전자는 물론이고 나뭇조각 하나, 돌 하나까지 놔두고 내일 당장 오두막을 비우라고 했다.

넬로와 파트라슈에게 이제 그 오두막은 별로 소중하지도 않았고 어떤 면에서는 비참하기도 했다. 하지만 애정을 쏟았던 집이었기에 마음이 아팠다. 그들은 그곳에서 행복했다. 여름에 넝쿨이 벽을 휘감고, 예쁜 강낭콩 꽃들과 함께 햇볕이 내리쬐는 들판 한가운데 서 있는 오두막은 꽤 예뻤다! 그곳에서 보낸 넬로와 파트라슈의 인생은 힘겨운 노동과 궁핍뿐이었지만, 그래도 만족하면서 즐겁게 살았고 언제나 그들을 반기는 할아버지의 환한 미소를 향해 오두막으로 달려가곤 했다!

넬로와 파트라슈는 밤새도록 불기 없는 난로 옆에서 서로를 껴안고 앉아 체온과 슬픔을 나누었다. 몸도 추위에 얼얼했지만 마음은 더 꽁꽁 얼어붙어버렸다.

눈 덮인 차디찬 땅 위로 아침이 밝아왔다. 크리스마스이브의 아침이었다. 몸을 벌벌 떨면서 넬로는 그의 유일한 친구를 꽉 껴안았다. 뜨거운 눈물이 파트라슈의 충직한 얼굴 위로 떨어졌다.

넬로가 속삭였다.

"이제 가자, 파트라슈. 나의 파트라슈. 쫓겨날 때까지 기다리지 말자. 나가자."

넬로의 뜻은 곧 파트라슈의 뜻이었다. 둘은 슬픔에 잠긴 채 오두막을 나왔다. 초라하지만 아끼고 사랑했던 모든 물건을 소중했던 조그마한 그 오두막에 두고서. 파트라슈는 자신의 초록 수레 옆을 지나갈 때 힘없이 머리를 숙였다. 이제는 파트라슈의 것이 아니었다. 수레도 집세에 보태기 위해 다른 것들과 함께 남겨두고 가야 했다. 눈 위에 놓인 파트라슈의 놋쇠 멍에가 반짝거렸다. 파트라슈는 심장이 아파서 멍에 옆에 엎드려 그대로 죽고 싶었지만 참고 지나갔다. 넬로가 아직 살아 있었고 파트라슈를 필요로 하니 포기할 수가 없었다.

둘은 안트베르펜으로 가는 익숙한 길을 걸었다. 아직 새벽이라 대부분의 덧문은 닫혀 있었지만 벌써 일어난 사람들도 있었다. 사람들은 넬로와 파트라슈가 지나가도 아무 관심도 보이지 않았다. 넬로가 어떤 집 앞에 멈춰 서서 애처롭게 집 안을 바라보았다. 할아버지와 이웃사촌이었고 도움을 많이 주던 친절한 집이었다.

"파트라슈에게 빵 조각 좀 나눠주시겠어요? 나이도 많이 들었는데 어제 오후부터 아무것도 먹지 못했어요."

넬로가 쭈뼛거리며 말했다. 하지만 이웃집 여자는 황급히 문을 닫으며 요즘에 밀과 호밀이 아주 귀하다고 중얼거렸다. 넬로와 파트라슈는 다시 힘없이 걸어갔다. 둘은 더는 구걸하지 않았다.

넬로와 파트라슈가 느릿느릿 힘겹게 안트베르펜에 도착했을 무렵 10시를 알리는 종이 울렸다.

'뭐라도 가진 것이 있으면 팔아서 파트라슈에게 빵을 사줬을 텐데!'

넬로는 생각했다. 하지만 넬로에게는 자기 몸을 덮고 있는 낡은 옷가지와 나막신 한 켤레밖에 없었다.

파트라슈는 자기에게 먹을 것을 주려고 고민하거나 불안해하지 말라고 아이의 손에 자기 코를 기도하듯 묻었다.

정오에 그림 대회의 우승자 발표가 있었다. 넬로는 그의 보물을 놓아둔 공회당으로 갔다. 건물 계단과 입구에 그 또래나 더 나이 들어 보이는 소년들이 부모, 친척, 친지와 함께 모여 있었다. 넬로는 그 사람들 사이로 걸어가려니 두려움으로 기가 죽어서 파트라슈를 꽉 끌어안았다.

마침내 도시의 커다란 놋쇠 종들이 떠들썩하게 정오를 알렸다. 공회당 안쪽에서 문이 열렸고 흥분한 사람들이 안으로 우르르 몰려 들어갔다. 우승한 그림이 나무 연단 위에 걸려 있다고 했다.

갑자기 뿌연 안개가 넬로의 앞을 가렸고, 머리가 핑핑 돌고 팔다리에 힘이 쭉 빠졌다. 겨우 시야가 밝아지자, 저 높이 걸려 있는 그림이 눈에 들어왔다. 넬로의 그림이 아니었다! 낭랑하고 느릿한 목소리가 우승자는 안트베르펜 자치구 출신에, 그 지역 부두 주인의 아들인 스테판 키슬링이라고 외쳤다.

넬로가 다시 정신을 차려보니 그는 건물 밖 돌바닥에 누워 있었다. 파트라슈는 넬로의 정신을 차리게 하려고 이리저리 애쓰고 있었다. 멀리서 안트베르펜의 젊은이들이 우승한 친구의 이름을 소리 높여 부르며 환호를 퍼부었고, 부두에 있는 그의 집까지 호위하며 가고 있었다.

넬로는 휘청거리다가 품에 파트라슈를 끌어안으며 중얼거렸다.

"다 끝났어. 사랑하는 파트라슈, 모든 게 끝나버렸어!"

아무것도 먹지 못해 기력이 다한 넬로는 마지막 남은 힘을 짜내서 마을로 가는 길을 되짚어갔다. 배가 고프고 슬퍼서 힘이 빠진 나이 든 파트라슈도 아이 옆에서 머리를 수그린 채 걸어갔다.

눈이 펑펑 쏟아졌고, 살을 에는 듯한 폭풍이 북쪽에서 불어왔다. 평원의 추위는 죽음처럼 혹독했다. 익숙한 그 길을 그들은 한참이나 걸려서 갔다. 작은 마을에 도착했을 때 4시를 알리는 종이 울렸다. 갑자기 파트라슈가 눈 속에서 뭔가 냄새를 맡고 멈춰 섰다. 눈을 파헤치더니 낑낑거리며 이빨로 작은 갈색 가죽 지갑을 끌어냈다. 어둠 속에서 파트라슈가 넬로에게 그것을 들어 보였다. 둘이 서 있던 곳에는 작은 십자가상이 있었고, 희미한 등불이 십자가 밑을 밝히고 있었다. 넬로는 무심코 지갑을 불빛 아래로 가져갔다. 지갑에는 코제 씨의 이름이 쓰여 있었고 안에는 이천 프랑의 지폐가 들어 있었다.

큰돈을 본 소년은 정신이 번쩍 들었다. 넬로는 가죽 지갑을 셔츠에 집어넣고, 파트라슈를 다독여 앞으로 나갔다. 파트라슈는 넬로의 얼굴을 애처롭게 바라봤다.

넬로는 곧장 방앗간으로 가서 문을 두드렸다. 방앗간 안주인이 울면서 문을 열어주었고 그 옆에는 알루아가 엄마의 치맛자락을 붙잡고 서 있었다.

안주인은 눈물에 젖은 얼굴로 다정하게 말했다.

"왔구나, 가여운 것. 아저씨가 오기 전에 얼른 돌아가렴. 오늘 밤 우리에게 큰 문제가 생겼단다. 아저씨가 말을 타고 집에 오는 길에 지갑을 흘려서 지금 찾으러 나갔단다. 이런 눈 속에서 결코 찾지 못할 거야. 신만이 아시겠지. 우린 망할 거야. 우리가 너한테 한 짓 때문에 하늘이 벌을 주시나 봐."

넬로는 지갑을 안주인의 손에 놓아주고 파트라슈를 집 안으로 불렀다.

"아까 파트라슈가 그 돈을 발견했어요. 코제 나리께 말해주세요. 그러면 이 늙은 개의 잠자리를 봐주고 음식도 주시겠죠. 파트라슈가 절 따라오지 못하게 해주세요. 부디 잘 보살펴주세요."

넬로는 방앗간 안주인이나 파트라슈가 자신의 말이 무슨 소리인지 알아채기도 전에 몸을 굽혀 파트라슈에게 입맞추고는 황급히 밖으로 뛰어나갔다. 그리고 눈발이 휘날리는 밤의 어둠 속으로 사라졌다.

어머니와 딸은 기쁨과 두려움으로 말문이 막힌 채 서 있었다. 파트라슈는 쇠 빗장이 걸린 참나무 문을 미친 듯이 박박 긁어댔다.

안주인과 소녀는 빗장을 열어서 파트라슈를 나가게 할 수 없었다. 그들은 파트라슈를 달래보려 했다. 파트라슈에게 달콤한 케이크와 육즙이 풍부한 고기를 주기도 하며 최선을 다해 파트라슈의 환심을 사려 했다. 하지만 따뜻한 난로 옆으로 오라고 아무리 불러도 소용없었다. 파트라슈는 안절부절못하면서 빗장이 걸린 문만 바라봤다.

방앗간 주인인 코제 씨가 6시가 다 돼서 지치고 절망적인 표정으로 반대편 문으로 들어왔다. 그는 흙빛 얼굴로 무뚝뚝하고 떨리는 목소리로 말했다.

"절대 못 찾을 거야. 등불을 들고 사방을 찾아봤지만 없어. 전 재산을 잃어버렸어. 알루아한테 물려줄 것까지도!"

아내는 지갑을 남편의 손에 쥐어주며 어떻게 된 일인지 말해주었다. 완고하던 코제 씨가 덜덜 떨면서 주저앉아 두 손으로 얼굴을 감싸고 부끄럽다 못해 두려워하며 말했다.

"내가 그 애한테 얼마나 잔인하게 굴었는데. 난 그 애의 도움을 받을 자격이 없어!"

어린 알루아는 용기를 내서 아빠에게 다가가 곱슬거리는 금발 머리를 살며시 기대며 말했다.

"아빠, 넬로가 다시 여기 와도 돼요? 넬로가 언제나처럼 내일 여기 와도 될까요?"

방앗간 주인은 팔로 딸을 꼭 끌어안았다. 햇볕에 그을린 엄한 얼굴이 창백했다.

"당연하지. 되고말고. 크리스마스에 여기 와도 된단다. 넬로가 원한다면 언제라도. 하늘이 날 도왔구나. 그 애한테 보답해야지. 꼭 보답을 하마."

코제 씨가 떨리는 입술로 딸에게 대답했다.

알루아는 감사와 기쁨을 담아 아빠에게 키스하고 아빠의 무릎에서 내려왔다. 그리고 하염없이 문만 보고 있는 파트라슈에게 달려갔다. 소녀는 철없는 아이처럼 기쁨에 겨워 외쳤다.

"오늘 밤 파트라슈를 위해 잔칫상을 차려도 되죠?"

"그래그래. 파트라슈에게 제일 좋은 것을 주거라."

마음속 깊이 감동을 받은 완고한 코제 씨가 머리를 끄덕이며 말했다.

크리스마스이브의 방앗간은 참나무 장작과 토탄, 크림과 꿀, 고기와 빵으로 가득했고, 서까래에는 상록수로 만든 화환이 걸려 있었다. 그리고 십자가상과 뻐꾸기시계는 호랑가시나무 사이로 튀어나와 있었다. 알루아를 위한 종이 등불과 다양한 옷을 입은 인형과 예쁜 포장지로 싸인 사탕절임도 있었다. 집 안 곳곳은 밝고 따뜻했으며 풍요로웠다. 아이는 즐겁게 파트라슈를 귀한 손님으로 대접했다.

하지만 파트라슈는 따뜻한 곳에 누우려고 하지 않고 흥겨운 분위기에 휩쓸리지도 않았다. 파트라슈는 배가 고파 죽을 지경이었고 아주 추웠지만 넬로 없이는 편하게 음식을 먹고 싶지 않았다. 어떤 유혹에도 파트라슈는 문 가까이에 앉아서 문만 쳐다보며 나가고 싶어 했다.

"주인이 보고 싶은가 보군. 착한 개야! 좋은 개군! 날이 밝으면 바로 넬로에게 가보도록 하자."

코제 씨가 말했다.

파트라슈 말고는 아무도 넬로가 그 오두막을 떠난 것을 몰랐다. 파트라슈 말고는 아무도 넬로가 혼자 굶주린 채 외롭게 남겨진 것을 몰랐다.

방앗간의 부엌은 아주 훈훈했다. 난로 안에서는 커다란 통나무가 불꽃을 튀며 타닥거렸고 이웃들은 포도주 한 잔이나 크리스마스이브 저녁 만찬으로 요리한 통통한 거위 고기 한 조각을 먹으러 들렀다. 알루아는 내일부터 단짝친구와 마음껏 놀 수 있다는 생각에 기뻐서 금발 머리를 날리며 노래하고 깡충깡충 뛰어다녔다. 코제 씨는 마음이 푸근해져서 눈물에 젖은 눈으로 딸에게 미소를 띠었고, 딸의 가장 친한 친구를 어떻게 후원해줄지 생각했다. 안주인은 가만히 앉아서 만족한 얼굴로 물레를 돌렸다. 뻐꾸기시계는 즐겁게 째깍거리며 시간을 알렸다. 그 와중에 파트라슈는 수많은 환영의 말을 들으며 귀한 손님으로 거기서 머물렀다. 하지만 넬로가 없는 곳에서는 어떤 평화나 풍요도 파트라슈의 마음을 움직일 수 없었다.

식탁에 모락모락 연기 나는 저녁 식사가 놓였고 크고 즐거운 목소리가 울려 퍼졌다. 아기 예수 앞에는 알루아를 위해 고르고 고른 선물이 놓여졌다.

파트라슈는 기회만 노리고 있다가 새로 들어온 손님이 무심히 열어 놓은 문 사이로 빠져나갔다. 시리도록 아픈 암흑 같은 밤에 개는 힘없고 지친 다리로 힘닿는 데까지 빨리 움직여서 눈 위를 달렸다. 개의 머릿속에는 넬로를 따라가야겠다는 생각밖에 없었다. 사람이라면 아마도 기분 좋은 식사에, 쾌활한 따뜻함에, 아늑한 잠자리에 잠시 쉬어갈 수도 있겠지만 파트라슈의 우정은 그런 것이 아니었다. 파트라슈는 지난날을 기억했다. 길가의 도랑에서 죽어가던 자신을 구해준 할아버지와 어린아이를 떠올렸다.

저녁 내내 계속 눈이 내렸고, 이제 밤 10시가 다 되어서 넬로의 발자국도 거의 지워지고 없었다. 그래서 파트라슈는 냄새를 찾는 데 오래 걸렸다. 냄새를 찾아도 금방 놓쳤다가 다시 찾기를 수십 번 반복했다.

그날 밤은 날씨가 아주 험했다. 십자가 밑에 있는 등불은 바람에 꺼져버렸고 길은 빙판으로 덮였다. 한 치 앞도 볼 수 없는 어둠이 사람의 흔적을 모두 지워버렸다. 바깥에 살아 있는 것이라고는 없었다. 가축은 우리로 들어갔고 사람들은 모두 따뜻한 오두막과 농가에 모여서 즐겼다. 오직 파트라슈만이 얼어붙어버릴 것 같은 추위 속에 있었다. 늙고 굶주려서 고통스러웠지만 위대한 사랑의 힘으로 끈기 있게 견뎌내며 넬로를 찾아다녔다.

계속 내리는 눈 때문에 희미하고 불분명했지만 넬로의 흔적은 안트베르펜으로 가는 익숙한 길을 따라 나 있었다. 파트라슈가 발자국을 따라서 도시 안으로 들어서서 좁고 구불구불하고 음울한

길로 들어섰을 때는 이미 자정이 지나 있었다. 도시도 완전히 어둠에 잠겨 있었다. 집 문틈 사이로 새어 나오는 불그스레한 빛과, 술자리에서 부르는 노래를 흥얼거리며 집으로 돌아가는 사람들이 들고 가는 등불 빛이 전부였다. 길은 하얗게 얼음으로 덮였고, 하얀 길과 대비되어 높은 벽과 지붕은 검게 빛났다. 사방이 쥐 죽은 듯 조용했다. 바람에 간판이 삐걱거렸고 키 큰 가로등을 흔들어대며 일으키는 한바탕의 소음만이 들렸다.

눈 위에는 수많은 발자국이 찍혀 있었고, 여러 길이 교차되고 또 교차되었다. 파트라슈는 넬로의 발자국을 따라가기가 무척 힘들었다. 그래도 계속 앞으로 갔다. 뼛속까지 시린 추위 속에서 날카로운 얼음에 발이 찢기고 쥐가 온몸을 이빨로 갉아먹는 것처럼 굶주림으로 고통스러웠지만 계속 앞으로 갔다. 파트라슈는 가여울 정도로 비쩍 마른 몸을 벌벌 떨면서도 포기하지 않고 계속해서 발자국을 따라갔다. 넬로의 발자국은 안트베르펜의 심장부에 있는 성모 대성당의 계단으로 이어지고 있었다.

파트라슈는 생각했다.

'넬로는 결국 자신이 사랑하는 그림이 있는 그곳에 갔구나.'

파트라슈는 이해할 수 없었다. 하지만 예술에 대한 넬로의 열정에 경외감이 들었다.

대성당의 입구는 자정 미사가 끝난 뒤 잠기지 않은 채였다. 어떤 경솔한 관리인이 빨리 집에 가고 싶었는지, 아니면 파티에 가거나 잠을 자고 싶었는지, 그도 아니면 졸려서 열쇠를 제대로 안 돌리고 갔는지는 알 수 없지만, 문 하나가 열려 있었다. 덕분에 파트라슈는 까만 대리석 바닥 위에 찍힌 발자국을 따라 안으로 들어갔다. 그 작고 하얀 발자국은 온몸이 얼어붙은 파트라슈를 고요하지만 긴장감이 흐르는 성당 안으로 안내했다.

광대한 아치형 천장 아래로, 문에서 성단소까지 똑바로 난 발자국을 따라간 파트라슈는 돌바닥 위에서 넬로를 발견했다. 파트라슈는 살며시 기어가 넬로의 얼굴을 건드렸다. 파트라슈는 이렇게 말하는 것 같았다.

'내가 의리도 없이 너를 버릴 거라고 생각했어? 내 친구를?'

넬로는 나지막이 울면서 일어나 파트라슈를 끌어안으며 속삭였다.

"여기 누워서 같이 죽자. 사람들에겐 우리가 필요 없어. 우린 외톨이야."

파트라슈는 대답이라도 하듯이 가까이 기어와서 어린 소년의 가슴 위에 자기 머리를 놓았다. 커다란 눈물방울이 파트라슈의 슬픈 갈색 눈동자에 맺혔다. 자신을 위한 눈물은 아니었다. 파트라슈는 지금 행복했다. 둘은 살을 에는 추위 속에 함께 붙어 누웠다. 북쪽 바다에서 플랜더스의 운하를 넘어 불어오는 바람은 얼음 파도 같았다. 그 바람은 살아 있는 모든 것을 얼려버렸다. 돌로 된 광대한 아치형 건물의 내부는 눈 덮인 초원보다도 더 혹독하게 추웠다. 가끔씩 박쥐가 어둠 속에서 움직였다. 이따금 흘러들어온 빛에 줄지어 늘어선 조각상들이 어슴푸레 빛났다. 루벤스의 그림 아래 둘은 가만히 누워 있었다.

추위에 마비되어 감각이 없어진 넬로와 파트라슈는 나른한 잠에 취해 꿈을 꾸는 듯했다. 둘은 함께 지난날을 꿈꾸었다. 여름에 꽃이 듬성듬성 피어 있는 푸른 초원을 함께 달리는 꿈을, 강가의 키 큰 골풀 속에서 바다를 떠다니는 배를 바라보며 햇살 아래 앉아 있는 꿈을 꾸었다.

불현듯 어두컴컴한 넓은 복도에 한줄기 하얀 빛이 비쳤다. 달이 구름을 뚫고 나와 높이 뜬 것이다. 눈은 잠시 그쳤고 달빛에 눈이 반사되어 새벽녘처럼 밝아졌다. 달빛은 아치형 복도를 지나 넬로가 비몽사몽간에 벗겨버린 휘장 속에 있던 두 그림, 〈십자가를 세움〉과 〈십자가에서 내려지는 그리스도〉를 한순간 비추었다.

넬로는 일어나서 그림을 향해 팔을 뻗었다. 주체할 수 없는 환희의 눈물이 아이의 창백한 얼굴 위로 흘러내렸다.

"마침내 그림을 봤어! 신이시여, 이걸로 됐어요!"

넬로는 큰 소리로 외쳤다. 아이는 팔다리에 힘이 빠져서 무릎을 털썩 꿇었지만 여전히 자신이 사랑하는 걸작을 바라보고 있었다. 잠깐 동안이지만 달빛은 넬로가 오랫동안 간절히 보고 싶어 했던 성스러운 그림을 보여주었다. 빛은 마치 천국에서 흘러온 것처럼 맑고 포근하고 강했다. 그러다 갑자기 빛이 사라졌고, 다시 어둠이 예수의 얼굴을 감쌌다.

"그곳에 가면 그분의 얼굴을 볼 수 있을 거야. 우리 둘을 함께하게 해주실 거야."

넬로는 두 팔로 파트라슈의 몸을 꼭 끌어안으며 속삭였다.

다음 날, 안트베르펜 사람들은 대성당의 성단소 앞에서 넬로와 파트라슈를 발견했다. 둘은 숨이 멎어 있었다. 그날 밤의 추위는 어린아이와 늙은 개를 그 모습 그대로 얼려버렸다. 크리스마스 아침이 밝아왔고 사제들이 성당으로 들어왔다. 그들은 소년과 개가 돌바닥 위에 함께 누워 있는 모습을 보았다. 걷힌 휘장 너머로 루벤스의 걸작이 보였다. 첫 아침 햇살이 예수의 가시관에 아른거렸다.

그날 완고해 보이는 남자 한 명이 아이처럼 펑펑 울면서 찾아왔다.

"내가 그 아이한테 너무했어, 이제 내 실수를 바로잡으려고 했는데. 내 재산의 반을 주고 내 아들처럼 대해주려고 했는데."

하루가 빠르게 지나가는 가운데 누군가가 또 찾아왔다. 세계적으로 명성을 떨치고 있는 자비로운 마음을 가진 화가였다. 그가 사람들에게 말했다.

"어제 상을 받았어야 할 아이를 찾고 있습니다. 아주 보기 드문 재능을 가졌고 장래가 기대되는 소년입니다. 황혼을 배경으로 늙은 나무꾼이 쓰러진 나무 위에 앉아 있는 그림이었죠. 전 그 그림에서 위대함의 싹을 보았습니다. 기꺼이 그 아이를 제자로 삼아 그림을 가르치고 싶습니다."

그러자 곱슬곱슬한 금발 머리의 여자아이가 아빠의 팔에 매달려 애처롭게 흐느끼며 소리쳤다.

"넬로, 돌아와! 우린 너를 위해 모든 준비를 다해놨어. 아기 예수의 손에는 선물이 가득하고, 백파이프 연주도 해줄 거야. 엄마가 크리스마스 주간 내내 난롯가에서 밤을 구워 먹으며 함께 지내도 된대. 아니, 공현축일*까지! 그럼 파트라슈도 아주 기뻐할 텐데! 넬로! 눈을 뜨고 이리로 와줘!"

하지만 창백한 어린아이의 얼굴은 루벤스의 빛나는 걸작을 올려다볼 뿐이었다. 미소 띤 얼굴은 모두에게 이렇게 대답하는 것 같았다.

"이미 늦었어요……."

얼어붙은 추위 사이로 낭랑한 종소리가 감미롭게 울려 퍼졌다. 햇살이 눈 덮인 평원을 비추었다. 사람들은 삼삼오오 모여서 즐겁고 신나게 거리를 돌아다녔다. 이제 넬로와 파트라슈는 사람들에게 자비를 구하지 않아도 되었다. 그들에게 필요한 모든 것은 안트베르펜이 주었다.

넬로와 파트라슈는 삶을 더 이어갈 수도 있었지만 죽음을 맞아 더욱 애처로웠다. 사랑이 보답받지 못하고 믿음을 실천하지 못하는 세상으로부터, 신은 충실한 사랑과 순수한 믿음을 거둬갔다.

살았을 적에 함께였던 그 둘은 죽어서도 떨어지지 않았다. 아이의 팔이 개를 꼭 안고 있어서 억지로 떼어놓을 수가 없었다. 깊이

---

* 그리스도를 왕 중의 왕으로 찬미하는 축일로, 연중 마지막 주일이다.

뉘우치며 부끄러워하던 마을 사람들은 넬로와 파트라슈에게 특별한 은총이 내리기를 기도하며 한 무덤에 묻어주었다. 영원히 함께 쉴 수 있도록…….

뉘른베르크의 난로

아우구스트는 '할'이라는 작은 마을에 살았다. 오스트리아와 독일에서 할이라는 이름의 마을은 흔했다. 하지만 인 강 골짜기의 할은 특별했다. 그곳은 옛 정취를 아주 잘 간직한 매력적인 장소였다. 아우구스트는 자신이 사는 곳 외에는 잘 몰랐다. 그곳은 푸른 초원과 높은 산이 사방에 둘러 있었고 빙하가 녹아내린 회녹색의 물이 세차게 흘렀다. 포장된 도로 주변에는 격자무늬 쇠창살을 댄 작고 매혹적인 가게들이 즐비했다.

　할에는 아주 오래되고 웅장한 고딕 성당이 있었다. 빛과 그림자가 우아하게 섞여 있는 성당에는 죽은 기사들의 대리석 무덤이 있었고, 성당이 으레 그러하듯 무한한 힘과 안식을 보여주었다. 그리고 그곳에는 검정색과 하얀색으로 된 화폐 주조소의 탑이 초록 평야에 우뚝 서서 기다란 나무다리와 물살이 빠른 너른 강물을 내려다보고 있었다. 경비대가 머무는 오래된 성도 있었다. 그곳은 총격을 위해 벽에 총안도 뚫려 있었고, 프레스코 벽화는 물론이고 금박과 갖가지 색으로 칠한 문장 장식과 1530이라고 연도가 새겨진 중기병이 실물 크기로 조각되어 있었다.

마을에서 조금 더 나가면 수도원이 하나 있었다. 그곳에는 아름다운 대리석 기둥과 무덤, 나무로 조각한 거대한 십자가상이 있었고, 그 옆에는 아주 호화로운 작은 예배당도 있었다. 정말로 그 작은 도시는 과거를 그대로 고스란히 보존하고 있었다. 그 도시를 걸어가고 있노라면 마치 성인들과 전사들을 그려 넣은 중세 시대의 기도서를 펼쳐보는 것 같았다. 수많은 유적과 역사의 향기가 가득했으며, 아주 깨끗하고 고요하고 고결해 보였다. 이 마을을 칭송하는 사람이 아직 아무도 없다는 게 놀라울 정도다. 우리 시대보다 더 평화롭고 더 용감했던 옛날의 경건한 영웅의 정신은 여전히 그곳에 남아 있었다. 사방이 산으로 가로막힌 채 홀로 강하고 평화롭고 웅장하게 남아 있었다.

몇 년 전 아우구스트 슈트렐라는 가족들과 같이 웅장한 성당이 있는 광장 근처에 살았다. 광장은 울퉁불퉁 불규칙하기는 해도 나름 돌로 포장되어 있었다.

그 당시 아우구스트는 겨우 아홉 살 난 작은 소년이었다. 통통한 얼굴에 붉은 뺨, 커다란 갈색 눈을 하고 잘 익은 밤 같은 탐스러운 밤색 곱슬머리를 찰랑거렸다. 아이의 어머니는 돌아가셨고, 아버지는 가난했으며 먹여 살려야 할 입은 많았다. 이 고장의 겨울은 아주 길고 추웠다. 몇 달 동안 온 세상이 눈에 덮여 있었다. 끔찍하게 춥고 음울하던 어느 겨울 밤, 한 아이가 감각이 없어진 빨갛게 튼 손에 맥주가 든 병을 들고 집으로 걸어오고 있었다. 착한 할의 마을 사람들은 이중 덧창을 닫고 있었다. 등불 몇 개가 예스럽고 아취 있는 쇠 격자창 뒤에서 희미하게 깜빡였다. 얼어붙은 추위 속에 밝게 빛나는 별들 아래서 온통 하얀 눈으로 덮인 산은 정말 웅장하고 아름다웠다. 많은 눈이 내렸고, 할 사람들은 기꺼이 침대로 들어갔기 때문에 돌아다니는 사람이 거의 없었다. 착한 사람 몇 명이 저녁 미사 후에 집으로 돌아가고 있었고, 우편배달부가 피곤한 얼굴로 여관 앞에 썰매를 대놓고 술이 달린 뿔피리를 불고 있었다. 그리고 낡은 양가죽 코트 안에 맥주가 든 병을 안고 걸어가는 어린 아우구스트만이 밖을 돌아다니는 사람 전부였다. 아이는 맥주를 쏟을까 봐 달릴 수가 없었다. 몸이 반쯤 얼어 있었고 조금 무서웠지만 혼잣말을 하고 또 하면서 용기를 냈다.

"금방 사랑하는 히르슈포겔이 있는 집에 도착할 거야."

아이는 거리를 지나고 중기병이 조각된 돌벽을 지났다. 그리고 경비대를 지나 웅장한 성당 근처에 있는 집에 도착했다. 아이의 아버지 카를 슈트렐라의 집이었다. 집 문간에는 베들레헴이 조각되어 있었고, 외벽에는 동방박사의 성지 순례 장면이 그려져 있었다. 소년은 오늘 오후에 꽁꽁 언 들판과 하얀 눈밭이 펼쳐진 성문 밖에 심부름을 다녀오는 길이었다. 그새 날이 저물어버렸다. 걸을 때마다 뒤에서 늑대 울음소리가 들리는 것 같았다. 작은 심장을 벌렁

대며 잔뜩 겁에 질려 마을에 도착한 아이는 첫 번째 성소 아래에 켜진 등불 하나가 정말 고마웠다. 그래도 아이는 맥주를 사오라는 심부름을 잊지 않았고, 손이 마비될 지경이어서 병을 떨어트릴까 봐 걱정하면서 조심조심 들고 오는 길이었다.

눈은 오래된 나무 집들의 지붕에 소복이 하얀색을 칠했고, 달빛은 문 앞에 달려 있는 금박 간판과 등불, 포도, 독수리 같은 예스러운 물건 위에서 빛났다. 갓을 씌운 등불은 벽에 그리거나 나무에 조각한 그리스도의 탄생이나 십자가에 못 박힌 그리스도 그림을 비추었다. 여기저기 덧문을 내리지 않은 곳에서는 붉은 난롯불이 가정적인 풍경을 비춰주고 있었다. 아이들이 엄마와 함께 커다란 빵 앞에 둘러앉아 왁자지껄 떠들고 있거나, 어른들은 구두장이나 이발사가 이야기해준 이웃들의 소문을 전하거나 듣고 있었다. 그러는 동안 기름 심지는 깜빡이며 빛났고 난로의 통나무는 불꽃을 날름거렸으며 주물 냄비 안에서 알밤이 탁탁 터졌다. 아우구스트는 두 눈을 반짝이며 호기심 어린 눈길로 이 모든 것을 보면서 혹시라도 넘어져서 맥주를 쏟을까 봐 신경 써서 걸었다. 아이가 400년은 됨직한 단단한 참나무 문을 두드리자 문이 열렸다. 아이는 맥주를 들고 안으로 뛰어들며 명랑하고 힘차게 소리쳤다.

"오, 사랑하는 히르슈포겔, 무서워 죽을 뻔했어. 그래서 온통 네 생각만 하고 왔어!"

아이가 기쁨에 가득 차서 뛰어 들어간 곳은 벽돌이 울퉁불퉁 고르지 못하게 튀어나와 있는 넓고 휑뎅그렁한 방이었다. 방에는 아주 오래된 호두나무로 만든 장과 넓은 전나무 식탁, 의자 몇 개가 전부였지만, 가구들은 나름 괜찮았다. 하지만 방의 윗목에는 등불 빛을 받아 온기와 색조를 함께 내보내는 도자기로 된 탑 같은 게 있었다. 왕의 공작새와 여왕의 보석이 색색으로 빛났고, 그 위에 무장한 군인과 방패, 문장과 꽃, 또 그 위 가장 높은 곳에 커다란 황금 왕관이 놓여 있었다.

그것은 1532년에 만들어진 난로였다. 그 난로에는 H. R. H.라고 서명이 되어 있었다. 즉, 그 난로는 뉘른베르크의 위대한 도예가 아우구스틴 히르슈포겔이 하나하나 직접 만든 것이라는 뜻이었다. 그래서 온 세상이 다 알도록 그의 이름을 새겨놓은 것이다.

그 난로는 왕의 물건으로 성에서 쓰던 게 분명했다. 알현실에서 추기경의 주홍색 스타킹과 대공비의 금실로 덧댄 신발을 데우고, 난로 안의 석탄은 의회 각료들의 머리에 불을 지폈을 것이다. 아무도 그 난로가 어디에 있었고 무엇을 했고 누구를 위해 만들어졌는지 몰랐다. 하지만 왕실의 물건이 분명했다. 그래도 이 난로가 가난하고 황량한 이 방에 있는 지금보다 더 쓸모 있었던 적은 없으리라. 발치에는 늑대 가죽이 깔려 있었고, 그 위에서 한 무리의 아이들이 시끌벅적하게 뒤엉켜 뒹굴었다. 난로는 그 아이들에게 온기와 편안함을 주었고, 꽁꽁 언 아우구스트를 맞이했다. 아이들 사이에서 기쁨의 함성이 터져 나왔다.

"오, 사랑하는 히르슈포겔, 나 너무너무 추워! 아빠는 아직 안 오셨어? 도로테아 누나?"

아우구스트가 난로의 금박을 입힌 사자 발톱에 키스를 하며 말했다.

"응. 늦으시네."

도로테아는 검은 머리를 한 열일곱 살 소녀로, 진지하고 다정했지만 아직 아이인 자신의 어깨에 지워진 많은 짐 때문에 슬픈 얼굴을 하고 있었다. 도로테아는 슈트렐라 가족의 10명의 아이 중에서 장녀였다. 그녀 다음으로는 얀과 카를과 오토가 있었다. 그들은 다 커서 조금씩 자기 밥벌이는 했다. 그다음이 아우구스트였다. 아우구스트는 여름에 농부들의 소를 끌고 알프스 산의 높은 곳까지 올라갔지만 겨울에는 자기 접시나 국그릇을 채울 재간도 없었다. 그다음은 알브레히트와 힐다, 발도와 크리스토프가 있었는데 모두 어린아이들로 아기 새처럼 먹이를 달라고 입만 쩍쩍 벌리고 있었다. 그리고 마지막으로 물망초 같은 눈을 가진 세 살 난 에르멘길다가 있었다. 에르멘길다가 태어나면서 아이들은 엄마를 잃었다.

아이들은 티롤 지방에서 아주 흔한 오스트리아와 이탈리아의 피가 반반 섞인 혈통이었다. 그래서 백합꽃처럼 하얗고 금발인 아이도 있었고, 까무잡잡하고 막 떨어진 밤처럼 윤기가 흐르는 갈색 머리를 가진 아이도 있었다. 아버지는 착한 사람이었지만 먹여 살려야 할 입이 많아서 늘 힘없이 지쳐 있었고 일도 많이 하지 못했다. 아버지는 제염소에서 일하며 푼돈을 벌었다. 사람들은 그가 술과 담배에 빠져 살지 않고 더 열심히 일하면 가족을 수월하게 건

사할 거라고 말하곤 했다. 하지만 이런 말도 아내가 죽은 후에 듣게 되었다. 아내의 죽음으로 고난과 힘겨운 생활이 가중되었고, 안 그래도 둔한 머리가 더 둔해졌으며, 이미 순한 성격은 더 물러졌다. 그래서 슈트렐라가의 문 앞에는 산에서 내려오는 늑대 말고 빚쟁이라는 늑대가 자주 찾아왔다.

도로테아는 기적처럼 모든 일을 해내는 그런 아가씨였다. 근면하고 세심하고 지혜롭게 건강한 식사를 준비하고, 빵 한 조각을 스무 배로 부풀리는 그런 아가씨였다. 아이들은 항상 깔끔했고 행복해했으며, 수프를 담은 커다란 냄비는 하루에 한 번이라도 꼭 식탁에 올라왔다. 그래도 그들은 여전히 아주 가난했다. 아버지가 밀가루와 고기와 옷을 꾸어오는 것을 알고 있는 도로테아는 부끄러워 가슴이 미어졌다. 그래도 커다란 난로를 데울 장작은 돈을 내지 않아도 언제나 풍족했다. 아직 정정한 외할아버지는 나무와 전나무 방울과 석탄 연료를 파는 일을 했고, 손녀 손자에게 주는 것을 절대 아까워하지 않았기 때문이다. 비록 슈트렐라의 앞날을 생각하지 않는 태도와 불운, 현실 감각 없이 사는 꼴에는 혀를 끌끌 찼지만 말이다.

도로테아가 말했다.

"아버지가 기다리지 말랬어. 먼저 저녁 먹자. 네가 집에 왔으니."

바지를 뜨고 셔츠를 깁던 도로테아의 마음이 어지러웠지만 자신의 불안이 아이들에게 그늘을 드리우지 않게 꽁꽁 숨겼다. 도로테아는 가끔 오직 아우구스트에게만 조금씩 속내를 털어놓았다.

아우구스트는 생각이 깊었고 누나에게 언제나 다정했으며, 집에 돈 문제가 있다는 것을 잘 알고 있었다. 그래도 그 둘에게 돈 문제가 당장 급하게 와 닿지는 않았다. 인내심 있고 너그러운 빚쟁이들은 바로 경비대에서 인 강까지 난 꾸불꾸불한 옛길에 사는 이웃들이었다.

저녁은 커다란 수프 한 사발이었다. 양파가 둥둥 떠다니는 국물에 큼직큼직하게 자른 갈색 빵 덩이가 빠져 있었다. 10개의 나무 숟가락으로 사발은 금방 비어버렸다. 가장 위의 세 소년은 하루 종일 눈 속에서 고된 노동을 하고 와서 피곤에 지친 몸으로 침대에 눕자마자 금방 잠이 들어버렸다. 도로테아는 난로 옆으로 물레를 끌고 와서 돌렸고, 어린아이들은 아우구스트를 낡은 늑대 가죽 위에 앉혀놓고 그림을 그리거나 이야기를 해달라고 시끄럽게 졸라댔다. 아우구스트는 가족들 사이에서 예술가로 통했다.

아우구스트는 아버지가 대패질을 해준 송판과 목탄 조각을 가지고 있었다. 그는 그날 본 수많은 것들을 그렸고, 아이들이 충분히 봤다 싶으면 팔로 쓱 지우고 다른 것을 그렸다. 얼굴과 개의 머리, 썰매를 타는 사람, 털옷을 입은 할머니, 소나무와 수탉과 암탉 그리고 모든 종류의 동물을 그렸다. 이따금 아주 경건하게 마리아와 아기 예수를 그렸다. 아무도 아우구스트에게 그림을 가르쳐준 사람이 없었기에 아주 서툰 그림이었지만 그림은 정말 살아 있는 것 같았고, 한 무리의 아이들을 깔깔 웃게 하고, 입을 벌리고 숨을 멈춘 채 경탄하고 놀란 눈으로 바라보게 만들었다.

아이들 모두 행복했다. 그러니 밖에 눈이 오든 말든 무슨 상관이 겠나? 그들의 작은 몸은 따뜻했고 마음은 즐거웠다. 내일 먹을 끼니 걱정을 하는 도로테아까지도 실을 자으며 웃었다. 아우구스트는 영혼을 담아서 그림을 그렸고 작은 에르멘길다는 분홍색 뺨을 오빠의 어깨에 올려놓았다. 오후 내내 추위에 떨던 아우구스트도 이제 몸이 훈훈해졌다. 아이는 그들 모두에게 온기를 내뿜어주고 있는 난로를 올려다보고 미소 지으며 크게 소리쳤다.

"오, 사랑하는 히르슈포겔! 넌 태양처럼 위대하고 훌륭해! 아니야, 네가 더 낫다고 생각해. 이토록 오랫동안 어둡고 추운 겨울 동안에 태양은 아무도 알 수 없는 곳으로 가버리잖아. 사람들이 태양을 바라다가 죽든 말든 전혀 신경 쓰지 않지. 하지만 너는 언제나 준비되어 있어. 약간의 땔감만 넣어주면 한겨울 내내 우리에게 여름을 만들어주잖아."

오래된 웅장한 난로는 아이의 칭찬에 무지갯빛 표면을 빛내며 웃는 듯했다. 300살이 넘는 세월 동안 난로가 감사를 받은 적은 별로 없었을 것이다.

이 난로는 아주 호화로운 도료 칠을 한 파이앙스 도자기 난로였다. 얼마나 아름다웠는지 한때 뉘른베르크의 도공들이 질투심에 사로잡혀서, 아우구스틴 히르슈포겔이 난로에 파이앙스 도예 기법을 쓰지 못하게 해달라고 마을 관리에게 청할 정도였다. 하지만 마을의 최고 관리는 넓은 마음을 증명이라도 하듯이, 훌륭한 동료를 바보로 만들려는 도공들의 소망에 어떤 공감도 보여주지 않았다.

이 난로는 키도 컸고 폭도 넓었다. 그리고 표면이 반짝반짝 빛이 났는데, 히르슈포겔이 아내를 처음 만났던 곳인 베네치아에서 배운 마욜리카* 도예 기법을 사용했기 때문이었다. 난로의 각 모서리에 있는 왕의 조각상은 그의 친구였던 알브레히트 뒤러**가 동판이나 캔버스에 그려놓은 것처럼 위엄 있고 호화로웠다. 여러 개의 판으로 나뉘어 있는 난로의 본체에는 사람의 일생이 다양한 색으로 그려져 있었다. 각 판에는 장미와 호랑가시나무와 월계수와 다른 여러 잎이 장식되어 있었고, 검은색 글씨의 독어로 옛날의 튜턴족이나 그 후손인 네덜란드의 오래된 격언이 적혀 있었다. 그곳 사람들은 굴뚝과 컵과 접시, 깃발에 그런 격언을 새기기를 좋아했다. 난로의 많은 부분이 금박으로 되어 있어 전체적으로 윤이 났으며, 유리 채색화가이자 화학에도 뛰어났던 히르슈포겔 가문 특유의 밝은 색채가 곳곳에서 빛났다.

말했듯이 그 난로는 아주 대단한 물건이었다. 히르슈포겔이 인스부르크에서 황제의 손님으로 머물던 시절 티롤 지방의 위대한 군주를 위해 만들었다. 그때 그는 평민의 딸로 태어나 아름다운 얼굴로 대공의 마음을 얻고, 지혜로 당당하게 승은을 입은 아름다운 필리피네 벨저***를 위해서도 아주 많은 것을 만들었다.

---

* 이탈리아에서 만든 화려한 장식용 도자기다.
** 독일의 화자이자 판화가로 뉘른베르크에서 태어났다. 독일 르네상스 회화를 완성한 사람으로 불린다.
*** 지혜와 미모가 뛰어났던 페르디난트 2세의 비다.

이 난로가 어쩌다가 할에 오게 되었는지에 대해서는 아무것도 알려진 게 없었다. 숙련된 석공이었던 아우구스트의 할아버지는 집을 짓던 터에서 흠 하나 없이 멀쩡한 그 난로를 파냈고, 그걸로 집에 불을 떼면 좋겠다는 단순한 생각에 집으로 가져왔다. 그게 벌써 60년 전이었다. 그때부터 그 난로는 넓고 황량한 텅 빈 방에서 슈트렐라 가문을 3대째 따뜻하게 해주었다. 긴 세월을 지나오면서 난로는 지금 자신의 발치에 꽃다발처럼 뭉쳐서 뒹구는 아이들보다 더 예쁜 것은 보지 못했으리라. 슈트렐라가의 아이들은 아무것도 없이 태어났지만 하나같이 예쁘장했다. 피부가 하얀 아이든 까무잡잡한 아이든 모두 사랑스러웠다. 아이들이 미사를 보러 성당에 와서, 곱슬머리를 늘어뜨리고 두 손을 모은 채 엄숙한 조각상 아래에 서 있으면 마치 프레스코 벽화에서 아기 천사가 튀어나온 것 같았다.

"아우구스트 형, 재밌는 얘기해줘."

질릴 때까지 목탄 그림을 보고 난 아이들이 합창하며 외쳤다. 아우구스트는 매일 밤 그랬듯이 난로를 올려다보며, 난로에 그려진 사람이 태어나서 죽을 때까지 겪었을 법한 많은 모험과 즐거움, 슬픔을 상상해서 이야기를 해주었다.

아이들에게 그 난로는 가정의 수호신이었다. 여름이면 난로 주변에 신선한 이끼를 깔아주고, 초록 가지와 수없이 많은 티롤 지방의 아름다운 야생화로 꾸며주었다. 그리고 겨울에는 아이들의 모든 즐거움의 중심이 바로 그 난로였다. 난로는 240센티미터나 됐고 그 꼭대기에는 왕관까지 있었다. 아이들은 그 우아한 난로의 열정적인 불꽃 안에서 호두를 깨고 밤을 구울 생각을 하면서 얼음과 눈을 넘어 신나게, 행복하게 학교에서 돌아오곤 했다.

언젠가 떠돌아다니던 보따리장수가 그 서명의 의미는 아우구스틴 히르슈포겔이라고 알려주었다. 히르슈포겔은 아버지의 뒤를 이어 신성한 예술의 도시 뉘른베르크에서 일한 독일의 훌륭한 도공이자 화가였고, 그런 난로를 많이 만들었다고 했다. 옛날 사람들이 그랬던 것처럼 그는 돈이나 명성을 바라지 않고 마음과 영혼과 믿음을 담아 난로를 만들었으며, 그의 난로들은 모두 장인 정신의 아름다운 기적을 보여주었다.

성당에서 멀지 않은 곳에서 골동품을 파는 늙은 무역상도 아우구스트에게 용감한 히르슈포겔 가문에 대해 조금 더 알려주었다. 뉘른베르크에 가면 히르슈포겔 가문의 집이 아직 남아 있고, 그 가문의 시조인 파이트 히르슈포겔*이 성 제발트 성당**의 고딕 창문에다 후작과 후작 부인의 결혼식 장면을 그려놓았다고 했다. 그리고 파이트의 아들들과 손자들도 모두 도공이자 화가, 판화가였는데, 그중 제일은 북쪽의 루카 델라 로비아***인 아우구스틴이라고 했다.

상상력이 풍부한 아우구스트는 이런 몇 마디 말만 듣고도 그 속

* 스테인드글라스 공예가이다.
** 독일 뉘른베르크에 있는 고딕 양식의 성당이다.
*** 15세기 이탈리아 출신의 조각가이자 도예가이다.

에서 살아 숨 쉬는 사람을 만들어냈다. 소년의 눈에는 히르슈포겔이 인스부르크를 방문했을 때 막시밀리안 거리를 오가고, 다리 위에서 에메랄드빛 인 강의 물결을 바라보며 머릿속으로 아름다운 영감들을 떠올리는 모습이 보였다.

그래서 가족들은 이 난로를 마치 살아 있는 생명체처럼 히르슈포겔이라고 불렀다. 어린 아우구스트는 자신의 이름이 아주 멋진 것들을 만든 독일의 유명한 천재의 이름을 딴 것을 알고 아주 자랑스러워했다. 모든 아이들이 그 난로를 사랑했지만 특히 아우구스트가 온 마음을 다해 난로를 사랑했다. 그는 남몰래 이렇게 말하곤 했다.

"나중에 커서 어른이 되면 나도 이런 것과 똑같은 것을 만들 거야. 그런 다음 인스부르크 성문 바로 밖 밤나무가 있는 강 근처에 집을 짓고 히르슈포겔을 아름다운 방에 둘 거야. 내가 어른이 되면 꼭 그렇게 할 거야."

제염소 일꾼의 아들이자 어린 목동인 아우구스트는 그저 꿈을 꾸는 몽상가일 뿐이었다. 아이는 소 떼를 몰고 드넓은 하늘이 펼쳐진 고요한 알프스의 고지대까지 올라가서 생각에 잠기곤 했다. 그리고 푸른 용담 꽃이 바다의 밀물처럼 몰려오는 봄철이면 소 떼를 몰고 산을 오르고, 또는 아빠나 할아버지처럼 나무를 해서 마을로 내려가는 일 같은 먹고 살기 위해 매일 해야 하는 일보다 더 위대한 일이 자신을 기다리고 있을 것만 같았다.

산속의 공기를 마음껏 마시고 자란 소년은 튼튼하고 건강한 어린아이였다. 소년은 아주 행복했고 헌신적으로 가족을 사랑했다. 다람쥐처럼 발랄했고 산토끼처럼 까부는 아이였다. 하지만 소년은 그런 생각을 마음속으로만 간직했다. 글과 하느님에 대한 경외감 말고는 아무것도 배운 것이 없었지만, 여러 형제들 속에서 자라면서 생각이 아주 깊었다. 겨울철의 아우구스트는 단지 작고 배고픈 학생일 뿐이었다. 종종거리며 목사에게 교리문답을 배우러 다니고, 빵집에 빵을 사러 가고, 아버지의 부츠를 구두 수선공에게 맡겼다. 여름철에 아우구스트는 단지 수백 명의 목동 중 하나일 뿐이었다. 겨우내 우리에 갇혀 있던 비쩍 마른 소 떼를 몰고 에델바이스가 핀 산으로 가면, 아직 구름과 눈으로 덮인 산 정상에서 소들은 오랫동안 보지 못했던 밝은 햇빛에 눈을 끔뻑거리고 휘청휘청 걸으면서 목에 달린 방울을 울리곤 했다. 하지만 소년은 항상 생각하고, 생각하고 또 생각했다. 얇은 양가죽 겨울 코트를 입을 때도, 거친 아마로 된 여름 셔츠를 입을 때도 호퍼*가 그랬던 것처럼 가슴속에 많은 용기를 품었다. 인 강 주변의 모든 이들은 위대한 호퍼의 이름을 잘 알고 있었다. 아우구스트는 인스부르크에 갈 때마다, 포말이 이는 물레방아 옆을 달려갈 때마다, 나무가 우거진 아이슬 산맥 아래에서 항상 경건한 마음으로 그를 떠올렸다.

아우구스트는 따뜻한 난로 앞에 엎드려 동생들에게 이야기를

---

* 티롤 지방의 독립투사이다.

들려주고 있었다. 상상력에 불이 붙은 아우구스트의 작고 까무잡잡한 얼굴은 신이 나서 홍조를 띠었다. 난로에 그려진 사람은 요람 속의 아기였다가, 꽃밭에서 노는 소년이었다가, 여닫이창 아래서 한숨 쉬는 연인이었다가, 전장 가운데의 군인이었다가, 아이들에게 둘러싸인 아버지였다가, 힘없고 늙고 눈이 먼 목발을 짚은 사람이었다가, 마지막으로 천사들에게 구원받아 하늘로 올라가는 영혼이 되었다. 그 그림은 항상 아우구스트의 강렬한 흥미를 자극했다. 아우구스트는 그림 속의 사람을 위해 하나의 인생이 아니라 천 가지 인생을 지어냈다. 아우구스트는 동생들에게 좀처럼 같은 이야기를 두 번 들려준 적이 없었다. 초급 독본과 미사 전례서가 그가 가진 모든 책이었고 살면서 동화책을 본 적도 없었지만, 아이는 상상력이라는 재능을 선물 받았고 상상력은 착한 요정처럼 원하는 것을 아주 많이 이뤄주었다. 오! 단지 요정의 날개는 쉽게 바스러지는 법이고, 불쌍하게도 날개가 바스러지면 요정의 힘도 사라지니……

도로테아가 물레에서 눈을 떼고 말했다.

"얘들아, 이제 자러 갈 시간이란다. 아빠가 오늘 많이 늦으시네. 아빠가 올 때까지 깨어 있으면 안 돼."

"5분만 더, 도로테아 누나!"

동생들이 애원했다. 작고 붉은 볼의 금발 머리 에르멘길다가 언니의 무릎 위로 올라와서 말했다.

"히르슈포겔이 너무 따뜻해. 침대는 히르슈포겔처럼 따뜻한 적이 없는걸. 아우구스트 오빠, 다른 이야기해줄래?"

"안 돼."

이야기를 끝내고 생기를 잃은 얼굴의 아우구스트가 외쳤다. 이제 그는 진지하게 앉아서 두 손으로 무릎을 감싼 채 난로의 빛나는 당초무늬를 바라보고 있었다.

"크리스마스가 겨우 일주일 남았네."

아우구스트가 불쑥 말했다.

"할머니의 커다란 케이크!"

어린 크리스토프가 깔깔 웃으며 말했다. 다섯 살 난 아이에게 크리스마스는 커다란 케이크 말고 다른 의미는 없었다.

"에르멘길다가 착한 아이라면 산타클로스가 이번엔 무엇을 줄까?"

도로테아가 아이의 빛나는 금발 머리 너머로 속삭였다. 너무 가난해서 쪼들렸지만, 언니가 어린 여동생의 양말에 나무 인형이나 붉은 사과 한 알을 넣어주지 못할 만큼 못살지는 않았다.

"막스 신부님이 내게 커다란 거위를 준다고 약속하셨어. 내가 6월에 소의 생명을 구했잖아."

아우구스트가 말했다. 아우구스트가 그 말을 한 건 이번 달에만 스무 번째였다. 그는 그 일이 참 자랑스러웠다.

"마일라 이모가 분명히 우리에게 와인이랑 꿀이랑 밀가루 한 통을 보내주실 거야. 항상 그러셨으니까."

알브레히트가 말했다. 암파스 골짜기로 향하는 푸른 산비탈에 사는 마일라 이모는 오두막과 작은 농장을 가지고 있었다.

"난 나무를 하러 산에 올라가서 히르슈포겔의 왕관을 찾아봐 야지."

아우구스트가 말했다. 그들은 항상 크리스마스 때면 히르슈포 겔에게 소나무 가지와 아이비와 산딸기로 왕관을 씌워주었다. 열 기 때문에 왕관은 금방 시들었지만 성당에 가서 성호를 긋고 목소 리를 높여 성체 성사*에 참여하는 것과 마찬가지로 히르슈포겔의 왕관은 그들만의 크리스마스 의식이었다.

아이들은 크리스마스 밤에 할 일에 대해 너도나도 목청을 높여 왁자지껄 떠들었다. 그들은 양말 속에 금화로 가득 찬 지갑이나 보 석이 박힌 인형이 들어 있을 것처럼 행복해했고, 커다란 거위로 끓 인 수프가 든 냄비를 왕이라도 부러워할 식사라고 여겼다.

아이들의 수다와 웃음소리가 떠도는 가운데로 얼음처럼 차가운 공기와 눈발이 불어닥쳤다. 따뜻한 난로와 늑대 가죽 위에 있어도 한기가 느껴졌다. 집에 돌아온 아버지가 문을 열면서 차가운 바람 이 들어온 것이었다.

아이들은 아빠를 향해 신나서 달려갔다. 도로테아는 집에 하나 있는 나무로 된 팔걸이의자를 난로 쪽으로 밀어놓았고, 아우구스 트는 작고 둥그런 식탁 위에 맥주병을 가져다놓고 기다란 점토 담 뱃대를 채워놓았다. 아버지는 아이들에게 다정했고 좀처럼 화를

---

* 가톨릭의 일곱 성사 중에서 가장 큰 성사로, 성체는 생명의 빵으로 예수님을 뜻 한다.

내는 법이 없었다. 아이들은 효심이 지극하고 순종적이며 아버지를 잘 챙기도록 엄마에게 교육받았다.

오늘 밤 카를 슈트렐라는 아이들의 환영에 아주 힘없이 대답하고 지친 발걸음으로 나무 의자에 털썩 주저앉았다. 담뱃대나 맥주를 가져다달라고 하지도 않았다.

"어디 편찮으세요? 아빠?"

도로테아가 물어보았다.

"괜찮다."

카를 슈트렐라는 담뱃대에 붙은 불이 꺼지게 놔둔 채 머리를 숙이고 앉아서 멍하게 대답했다. 그는 금발 머리에 키도 컸지만 일찍부터 흰머리가 났고 힘든 노동으로 허리가 굽어 있었다.

마침내 아버지가 불쑥 말을 꺼냈다.

"애들을 그만 재우거라."

도로테아는 시키는 대로 했다. 아우구스트는 난로 앞에 웅크리고 남아 있었다. 이제 아홉 살이나 먹었고 여름에는 농부들에게서 돈을 버니까 자기는 어린아이가 아니라고 생각했다.

아우구스트는 아버지가 별로 말이 없더라도 그다지 주의를 기울이지 않았다. 아버지는 자주 그랬다. 카를 슈트렐라는 별로 말이 없었고 몸도 약했으며, 항상 피곤에 절어서 하루가 끝날 무렵엔 맥주를 마시고 자는 것 말고는 아무것도 하지 않았다. 아우구스트는 늑대 가죽 위에 엎드린 채 비몽사몽간에 반쯤 감긴 눈으로 커다란 난로의 머리 위에 달린 작은 황금 왕관을 바라보며 생각에 잠겼다.

누구를 위해 이 난로를 만들었을까? 이 난로는 얼마나 웅장한 곳에서 살았을까? 어떤 풍경을 봤을까? 아우구스트는 수백만 번은 해본 생각을 떠올리고 또 떠올려봤다.

도로테아가 어린 동생들을 침대에 재우고 내려왔다. 구석에 있는 뻐꾸기시계가 8시를 알렸다. 도로테아는 아버지와 손대지 않은 담뱃대를 보고 아무 말 없이 물레 앞에 앉았다. 그리고 아버지가 술집에서 술을 좀 마셨나 보다 하고 생각했다. 최근에 자주 그랬다.

한참 동안 침묵이 이어졌다. 뻐꾸기시계가 두 번이나 15분이 지났다고 알렸다. 아우구스트는 머리카락으로 얼굴을 덮은 채 잠이 들었고, 도로테아의 물레는 고양이처럼 그르렁거렸다.

갑자기 카를 슈트렐라가 손으로 식탁을 탕 쳤다. 담뱃대가 바닥으로 떨어졌다.

"히르슈포겔을 팔아버렸다."

아버지가 말했다. 그의 거친 목소리는 창피해서 목구멍으로 기어드는 것 같았다. 물레가 멈췄다. 아우구스트는 자다 말고 벌떡 일어났다.

"히르슈포겔을 팔다니요!"

아버지가 성스러운 십자가를 바닥에 던지고 거기에 침을 뱉는다 해도 이렇게 공포에 질려 떨지 않았을 것이다. 이보다 더한 신성모독은 없었다.

카를 슈트렐라가 아까와 같은 거칠고 완강한 목소리로 말했다.

"내가 히르슈포겔을 팔아버렸다! 그런 것들을 수집하는 떠돌이 장사꾼에게 200플로린*에 팔았지. 내가 뭘 어쩌겠니? 빚이 그 곱절이나 되는데. 아침에 너희들이 모두 나갔을 때 장사치가 보고 갔다. 내일 난로를 포장해서 뮌헨으로 보낸다더구나."

"오, 아버지! 이 한겨울에 아이들은 어쩌고요!"

도로테아가 나지막한 비명 소리를 냈다. 얼굴은 눈처럼 하얘졌고, 목이 잠겨서 말을 잇지 못했다.

아직 잠이 덜 깬 아우구스트는 겨울의 감옥에서 나와 햇빛에 비틀대는 소처럼 멍한 눈을 한 채 벌떡 일어났다.

"거짓말이야! 거짓말이라고! 장난하는 거죠, 아빠?"

아우구스트가 물었다.

카를 슈트렐라가 음울한 웃음을 터트렸다.

"정말이야. 진실이 뭔지 알고 싶으냐? 네가 먹는 빵, 냄비 안에 든 고기, 네 머리를 가려주는 지붕도 모두 빚이야. 몇 달째 외상으로 살고 있다. 너희 외할아버지가 아니었으면 나는 아마 올여름과 가을 내내 감옥에 있어야 했을 거다. 이제 외할아버지도 인내심이 바닥났고 더는 도와줄 수 없다는구나. 일거리도 없고. 주인들은 젊은이들을 더 선호하지. 그들 말로는 내가 일을 잘 못한다는구나. 그럴 수도 있지. 10명의 배고픈 아이들이 발목을 잡고 끌어당기고 있는데 누가 물 위에 머리를 내어놓을 수 있겠냐? 네 엄마가 살아

* 화폐 단위로 '은화'를 가리킨다.

있었을 적엔 그래도 달랐지만. 애야, 마치 날 미친개라도 되는 양 쳐다보는구나! 너는 저 도자기로 된 물건을 신처럼 생각했지. 자, 저 난로는 내일이면 없는 거야. 200플로린. 그건 큰돈이야. 그 돈 이면 감옥신세를 조금 미룰 수 있겠지. 그리고 봄이 오면……."

아우구스틴은 온몸이 마비된 것처럼 서 있었다. 그는 눈을 크게 뜬 채 믿을 수 없다는 놀란 표정으로 아버지를 쳐다봤다. 얼굴은 누나처럼 하얗게 질렸고, 눈물마저 말라버린 채 가슴을 들썩이며 흐느꼈다.

"거짓말이야! 거짓말이라고!"

아이는 바보처럼 또 외쳤다. 그에게 히르슈포겔을 누가 가져간 다는 것은 마치 하늘이 무너져 내리고 땅이 꺼지고, 천국에서 신의 태양을 뜯어낼 거라고 하는 것과 같았다.

"내 말이 사실인 걸 알게 될 거다."

아버지가 단호하게 말했다. 아이들에게 안정감과 따뜻함을 주 던 집안 대대로 내려오는 가보를 헐값에 팔아버린 자신이 너무 부끄러워서 화를 내며 말했다.

"사실이라는 걸 알게 될 거야. 장사꾼이 오늘 밤 내게 절반의 돈 을 줬다. 그리고 내일 뮌헨으로 보낼 수 있게 난로를 싸면서 나머 지 돈을 주기로 했다. 200플로린보다 더 가치 있다는 것은 알지만 그 장사꾼이 그것만 준다는데 어쩌겠니. 구걸하는 형편에 지금 찬 밥 더운밥 가릴 처지냐? 부엌에 있는 조그마한 검정색 난로를 피 우면 따뜻할 게다. 이렇게 가난한 집에 금박에다가 칠까지 한 물건을 그냥 가지고 있으면 뭐하니. 그걸로 200플로린을 벌 수도 있는데? 도로테아, 넌 어머니가 죽었을 때도 그렇게 울지 않았잖아. 그게 도대체 뭐라고, 말해보거라. 이 난로는 이런 집에 두기에 너무 사치스런 물건일 뿐이야. 선조들이 그렇게 바보가 아니었다면 벌써 100년 전에 팔아버렸을 거야. 이 난로를 땅에서 파냈을 때 말이야. 장사꾼이 이걸 보자마자 박물관에 있어야 될 물건이라 하더군. 그러니 난로를 박물관에 보내자꾸나."

아우구스트는 붙잡혀 죽기 직전의 산토끼처럼 비명을 지르고 아버지의 발아래 무릎을 꿇었다.

아우구스트가 두 손을 아버지의 무릎 위에 놓고 자지러지듯 외쳤다.

"아버지, 아버지!"

아이의 행복한 얼굴이 새파래지고 고통으로 일그러졌다.

"아버지, 사랑하는 아버지, 사실이 아니죠? 난로를 팔다니요, 우리 목숨이고 태양이고 즐거움이자 안식처인 난로를요? 우린 모두 어둠과 추위 속에서 얼어 죽을 거예요. 차라리 절 파세요. 절 아무 장사꾼한테나, 어떤 고생을 해도 좋으니 마음대로 파세요. 그래도 상관없어요. 하지만 히르슈포겔만은! 그건 제단에서 십자가를 떼서 파는 것과 같아요. 그냥 농담하는 거죠. 그런 짓을 하면 안 돼요! 그러면 안 돼요. 아버지는 항상 다정하고 상냥하셨잖아요. 겨울마다 어머니와 함께 이 따뜻한 난로 옆에 앉아 계셨잖아요. 아버지가 말한 것처럼 이건 그냥 물건이 아니에요. 이 난로는 살아 있어요. 위대한 사람의 생각과 상상이 난로에 생명을 줬단 말이에요. 우린 단지 가난한 아이일 뿐인데 난로는 우릴 사랑해줘요. 우리도 온 마음과 영혼을 다해 이 난로를 사랑해요. 천국에 있는 돌아가신 히르슈포겔님도 그걸 알 거예요! 제발 들어주세요. 내일 나가서 일거리를 찾아볼게요! 얼음을 자르거나 눈길을 만드는 일이 있는지 물어볼게요. 제가 할 수 있는 일이 어디 있을 거예요. 우리가 빚진 사람들한테 기다려줄 수 있는지 한번 애원해볼게요. 모두 이웃들이잖아요. 기다려줄 거예요, 하지만 히르슈포겔을 팔다니! 그건 안 돼요! 안 돼! 절대로! 그 악당에게 다시 돈을 돌려줘요. 그건 어머니의 관에서 수의를 꺼내 파는 것이나 에르멘길다의 금발 머리를 잘라 파는 것과 같다고 그 장사꾼에게 말해주세요. 아버지, 사랑하는 아버지! 듣고 계세요? 가엾게 여겨주세요!"

아버지는 괴로워하는 아들 때문에 마음이 아팠다. 그는 아이들을 사랑했다. 아이들 때문에 힘들기도 했지만 아이들의 고통은 곧 자신의 고통이었다. 아우구스트의 말은 아버지의 마음을 흔들었지만 또 화를 더 돋우었다. 그는 가문의 유산을 헐값에 넘긴 못난 자신이 밉고 경멸스러웠는데 아이가 하는 모든 말이 부끄러운 그 마음을 찔러댔다.

아버지는 슬퍼하는 대신에 화를 내며 말했다.

"이 바보 같은 녀석이!"

아버지가 처음 들어보는 거친 목소리로 말했다.

"연극배우처럼 아주 열변을 토하는구나. 일어나서 침대로 가거

라. 난로는 이미 팔렸어. 더는 할 말이 없다. 너 같은 아이들은 이런 문제에 끼어드는 게 아니야. 난로는 팔렸고, 내일 뮌헨으로 갈 거다. 그게 너한테 무어라고 그러냐? 내가 널 먹여 살려주는 거나 감사히 여기도록 해. 일어나서 침대로 가라고 했다."

아버지는 말을 멈추고 맥주병을 들고 아무 근심 걱정 없는 사람처럼 천천히 들이켰다.

아우구스트는 벌떡 일어나서 얼굴에 흘러내린 머리카락을 뒤로 쓸어 넘겼다. 피가 끓으면서 얼굴이 빨개졌다. 아이의 크고 부드러운 눈은 분노로 이글거렸다.

아우구스트가 크게 외쳤다.

"그럴 수 없어요! 절대 못 팔아요! 난로는 아버지만의 것이 아니에요. 우리 거라고……."

아버지는 빈 술병이 산산조각이 나도록 벽돌 위로 힘껏 던졌다. 그는 벌떡 일어나 아들에게 주먹을 휘둘렀고 아우구스트는 바닥에 쓰러졌다. 지금까지 살아오면서 아이들에게 손찌검을 한 것은 그날이 처음이었다.

그런 다음 아버지는 등불을 들고 팔을 짚어 몸을 일으키고는, 흐릿한 눈으로 비틀비틀 방으로 들어가버렸다.

"어떻게 된 거야?"

잠시 후에 아우구스트가 눈을 떴다. 그러고는 난로 앞의 늑대 가죽 위에 누워 있는 자신을 내려다보며 울고 있는 도로테아 누나에게 물었다. 아우구스트의 머리가 늑대 가죽이 깔리지 않은 단단한 벽돌 위에 떨어진 것이었다. 아우구스트는 한동안 얼굴을 손에 묻고 앉아 있었다.

아우구스트가 아주 낮은 목소리로 나지막이 말했다.

"이제 생각이 나."

도로테아는 폭포처럼 눈물을 흘리면서 동생에게 키스를 퍼부었다.

"사랑하는 동생아, 어째서 아버지께 그렇게 버릇없게 굴었니? 그러면 못써."

누나가 속삭였다.

"아니야, 난 잘못한 거 없어."

아우구스트가 말했다.

지금까지 웃을 줄만 알았던 작은 입의 입꼬리가 아래로 쳐져 있었다. 아이는 입을 비통하고 심각하게 앙다물었다.

"어떻게 아버지가 그럴 수 있어? 어떻게? 난로는 아버지 게 아니야. 우리 모두의 거야. 아버지 것도 되지만 누나 것도, 내 것도 된단 말이야."

아이가 손에 얼굴을 묻고 중얼거렸다.

도로테아는 대답 대신 흐느낄 뿐이었다. 너무 무서워서 말을 할 수가 없었다. 집에서 부모님의 권위는 절대 의문을 품을 수 없는 것이었다.

마침내 누나가 입을 열었다.

"아우구스트, 넘어지면서 다쳤니?"

누나는 아우구스트가 너무 창백하고 낯설어 보였다.

"응, 아니. 나도 모르겠어. 그게 무슨 상관이야?"

아이는 얼굴에 욱신거리는 고통을 느끼면서 늑대 가죽 위에 앉았다. 마음속에서는 반항심이 불타올랐지만 아우구스트는 그저 아이일 뿐이었고 아무 힘도 없었다.

아우구스트는 금박을 입힌 히르슈포겔의 발에 눈을 고정한 채 천천히 말했다.

"이건 죄악이야. 강도짓이야. 나쁜 짓이야."

"오, 아우구스트, 아버지를 그렇게 말하지 마! 아버지가 무엇을 하시든 우린 옳다고 생각해야 해."

도로테아가 흐느끼며 말했다. 그러자 아우구스트가 크게 웃었다.

"아버지가 술 먹는 데 돈을 쓰는 게 옳다고 생각해? 할 일을 안 하는 건? 일을 얼마나 못하면 아무도 일을 안 맡겨? 외할아버지 덕에 살아오다가, 히르슈포겔을 팔아? 히르슈포겔은 아버지 것이기도 하지만 우리의 전 재산이란 말이야. 그게 지금 옳다는 거야? 히르슈포겔을? 세상에! 차라리 내 영혼을 팔겠어!"

"아우구스트!"

도로테아가 안타깝게 애원하며 외쳤다. 도로테아는 더럭 겁이 났다. 명랑하고 다정하던 동생이 그렇게 무섭고 불경스러운 말을 할 줄은 상상도 못했다.

아우구스트가 다시 크게 웃었다. 돌연 아이의 웃음이 비통한 울음으로 바뀌었다. 그는 난로에 몸을 던지고 키스를 퍼붓다가 심장이 터져 나올 듯이 울었다.

아우구스트가 무엇을 할 수 있을까? 아무것도, 아무것도 없었다!

"아우구스트, 사랑하는 아우구스트."

가엾게도 도로테아가 온몸을 떨면서 속삭였다. 심성이 곱고 순했던 도로테아는 아우구스트의 사나운 감정들이 무서웠다.

"아우구스트, 거기 누워 있지 말고 침대로 가렴. 밤이 꽤 늦었어. 아침이 되면 진정될 거야. 정말 끔찍한 일이야. 얼어 죽을지도 모르지. 그래, 적어도 어린 동생들은. 그래도 아빠의 뜻인데 어쩌겠니."

"혼자 있게 놔둬. 혼자 있게 놔둬. 아침이 되면 뭐? 어떻게 그런 말을 할 수 있어?"

아직도 머리에서 발끝까지 울음이 가시지 않은 아우구스트가 이를 악물고 말했다.

"침대로 가자. 내 동생. 아우구스트 거기 누워서 그렇게 보지 마! 날 무섭게 하는구나. 침대로 가자."

누나가 한숨을 쉬었다.

"난 여기에 있을 거야. 여기서! 밤새도록! 밤에 가져갈지도 몰라. 혼자 둘 순 없어!"

"하지만 이제 추운걸! 불도 꺼졌잖아."

"히르슈포겔도, 우리도 이제 따뜻해지는 일은 없을 거야."

아우구스트의 어린 시절이 전부 지나가버렸다. 아이의 명랑하고 솔직하고 발랄한 기질이 난로와 함께 가버렸다. 가슴에서 올라

오는 흐느낌 때문에 목이 막혀서 아이는 시무룩하고 지친 목소리로 말했다. 난로를 팔아버린다는 것은 세상이 끝나는 거나 다름없었다.

누나는 아우구스트를 알브레히트, 왈도, 크리스토프가 있는 좁고 복작복작한 침실로 보내려고 동생 옆에 계속 남아 있었다. 하지만 소용없는 짓이었다.

"난 여기 있을 거야."

아우구스트는 이렇게 말할 뿐이었다. 아이는 밤새도록 거기 있었다.

등불의 불이 꺼졌고, 쥐들이 기어 나와 마룻바닥을 돌아다녔다. 시간은 자정을 지나고 있었다. 추위가 점점 강해졌고 방 안의 공기는 얼음처럼 싸늘해졌다. 아우구스트는 꼼짝도 하지 않았다. 그는 오색찬란한 난로의 금색 받침대 쪽으로 얼굴을 두고 엎드려 있었다. 이제 집안의 가보는 멀고 먼 외국의 도시로 추방당할 거고 언제나 차갑게 식어 있을 것이다.

아직 어두운 새벽, 아우구스트의 큰형 셋이 각각 등불을 들고 계단을 내려왔다. 채석장과 벌목장, 제염소로 가려는 것이었다. 형들은 동생을 알아채지 못했다. 무슨 일이 일어났는지도 몰랐다.

잠시 후에 도로테아가 손에 등불을 들고 이른 아침부터 집안일을 하기 위해 내려왔다.

누나는 동생에게 살며시 다가가 어깨에 가만히 손을 놓았다.

"아우구스트, 이러다 얼어 죽겠다. 아우구스트. 눈 좀 떠봐! 말을 해보라니까!"

아우구스트의 눈빛은 분노에 차 사나웠고 무섭도록 차가웠다. 도로테아가 처음 보는 눈빛이었다. 아이의 얼굴은 잿빛이었고 입술은 붉게 빛났다. 아우구스트는 밤새 한숨도 자지 못했다. 가슴을 저미는 슬픔 때문에 비몽사몽간에 꿈속을 헤맸다. 몸이 마비되어 감각이 없는 것 같았다. 그 상태로 춥고 외롭고 끔찍한 시간을 보냈고, 아이는 마치 다른 사람이 된 것 같았다.

"다시는 따뜻해지지 않을 거야. 절대로!"

아우구스트가 중얼거렸다.

도로테아는 떨리는 손으로 동생을 잡고 괴로워하며 소리쳤다.

"아우구스트! 나 모르겠니? 도로테아 누나야. 일어나봐, 일어나! 아직 어둡기는 해도 이제 아침이란 말이야!"

"아침이라고!"

아우구스트가 온몸을 떨며 되물었다.

"외할아버지께 가볼게. 항상 잘해주셨으니까 난로를 구해주실지도 몰라."

아우구스트는 천천히 일어나서 착 가라앉은 목소리로 말했다. 하지만 아우구스트의 목소리는 대문에 달린 묵직한 쇠고리로 문을 쾅쾅치는 커다란 소리에 묻혀버렸다. 열쇠 구멍 사이로 커다란 낯선 목소리가 들려왔다.

"빨리 문 여시오! 꾸물거릴 시간이 없소! 이렇게 눈이 더 오다간 길이 막힐 거요. 문을 여시오! 듣고 있소? 커다란 난로를 가지러

왔소."

아우구스트는 두 주먹을 꽉 쥐고 벌떡 일어났다. 그의 눈에서 불꽃이 일었다.

"난로를 건드리지 마! 절대로 손대지 마!"

아이가 소리쳤다.

"누가 우리를 막느냐?"

덩치 큰 바이에른 사람이 자기 앞에 서 있는 분노에 찬 꼬맹이를 보고 즐거워하며 웃었다.

"내가요! 절대 난로를 가져갈 수 없어! 그전에 먼저 나를 죽여야 할걸!"

아우구스트가 말했다.

"슈트렐라 씨. 작은 미친 개 한 마리를 키우고 있군요. 재갈을 물리시죠."

아우구스트의 아버지가 방에 들어오자 덩치 큰 남자가 말했다.

백방으로 손을 써서 그들은 어찌어찌 아이의 입을 막았다. 아우구스트는 작은 악마처럼 왼쪽 오른쪽으로 주먹을 날리며 싸웠다. 그중 한 방은 바이에른 사내의 얼굴에 맞아서 눈에 시퍼런 멍을 만들어주었다. 하지만 아이는 곧 네 명의 건장한 사내들에게 제압되었고, 아버지는 아이를 거칠게 뒷문으로 던져버렸다. 장사꾼들은 위풍당당하고 아름다운 난로를 조심스레 포장해서 가지고 갈 준비를 했다.

도로테아가 아우구스트를 찾으러 몰래 나왔지만 동생은 어디에도 보이지 않았다. 도로테아는 칭얼대는 어린 에르멘길다를 안고 흐느꼈다. 그동안 다른 아이들은 우두커니 서서 자신들에게 환한 빛과 따뜻함을 주던 난로 히르슈포겔이 어디론가 간다는 것을 어렴풋하게 이해했다.

심지어 이제는 아버지조차 미안하고 부끄러운 기분이 들었다. 하지만 200플로린이면 큰돈이었다. 어쨌든 부엌에 까만 철제 난로가 있으니 아이들이 춥지 않게 지낼 수 있을 거였다. 게다가 이제 와서 후회한다고 해도 돌이킬 수는 없었다. 뉘른베르크 난로는 팔렸고, 그저 가만히 서서 뮌헨에서 온 사람들이 난로를 여러 겹으로 포장해서 나가는 것을 지켜보는 수밖에 없었다. 눈이 오는 바깥에 황소가 끄는 수레가 기다리고 서 있었다.

홀연 히르슈포겔은 떠나버렸다. 영영 가버렸다.

아우구스트는 맞은 곳이 아프고 현기증이 나서 한동안 집 뒤에 기대 가만히 서 있었다. 집 뒤는 우물이 있는 다른 집의 뒷마당과 연결되어 있었고 그 너머로 화폐 주조소의 첨탑과 산의 정상이 보였다.

이웃집 할아버지가 절뚝거리며 물을 길으러 마당으로 나왔다가 아이를 보고 말했다.

"얘야, 너희 아빠가 그 커다란 색색의 난로를 판다는 게 정말이냐?"

아우구스트는 고개를 끄덕이다가 왈칵 눈물을 쏟았다.

"나 원 참! 참으로 어리석은 놈이구나! 하늘이시여, 아이 앞에서 그 아비 흉을 보는 걸 용서해주소서! 어쨌든 그 난로는 엄청나게 값어치 있는 물건이란다. 내가 젊었을 적에, 그러니까 너희 증조할 아버지셨던 안톤 어른이 살아 계실 때 말이다. 얘야. 빈에서 온 어떤 사람이 난로를 보고 그 난로는 같은 무게의 금만큼 가치가 있다고 했지."

아이는 겨우 멈췄던 울음을 다시 맹렬하게 터트렸다.

"전 히르슈포겔을 좋아해요! 사랑한다고요! 값이 얼마든 전 관심 없어요. 전 그 난로가 좋아요! 히르슈포겔을 사랑한다고요!"

아우구스트가 울먹거리며 말했다.

"가여운 것! 그래도 넌 모두들 말하는 것처럼 네 아비보다는 똘똘하구나. 네 아비가 그 난로를 꼭 팔아야 했다면 슈프뤼츠에 사는 사람 좋은 슈타이너 나리에게 가져갔으면, 정직하게 값을 쳐줬을 거야. 그런데 네 아비가 술김에 팔아버린 게 틀림없어. 내가 너라면 그렇게 울고만 있지 않겠다. 나라면 난로를 찾아가겠어."

할아버지가 다정하게 말했다.

순간 아우구스트는 고개를 들었다. 눈물이 뺨을 타고 흘러내렸다.

"네가 더 크면 그 난로를 찾아가렴. 세상은 알고 보면 좁단다. 난 한때 떠돌이 시계 수리공이었지. 네 난로를 자져간 사람이 누구든 간에 난로를 안전하게 잘 보살필 거야. 비싸게 팔린 물건은 항상 모두들 애지중지하기 마련이야. 이제 그만 울거라. 언젠가 그 난로를 다시 만나게 될 게다."

마음씨 좋은 이웃집 할아버지는 아우구스트에게 조금이라도 위로가 되기를 바라며 말했다.

그런 다음 할아버지는 물을 뜨러 놋쇠 양동이를 들고 우물로 절뚝거리며 가버렸다.

아우구스트는 벽에 기댄 채 서 있었다. 그의 마음속에 새로운 생각이 떠올라서 머리가 윙윙거리고 심장이 펄떡거렸다. 난로를 찾아가라는 할아버지의 말을 곱씹었다.

'못 따라갈 이유가 뭐가 있어?'

아우구스트는 난로를 그 누구보다도 사랑했다. 심지어 도로테아 누나보다도 더 사랑했다. 게다가 히르슈포겔을 팔아버린 아버지와 또 마주할 자신이 없었다.

이제 아우구스트는 날아갈 것 같은 행복감에 휩싸여서 불가능해 보이는 일이 불가능해 보이지 않았다. 아주 자연스럽고 흔히 있는 일처럼 생각되었다. 창백한 뺨은 아직 눈물로 젖어 있었지만, 더는 눈물이 흐르지 않았다. 아우구스트는 마당의 쪽문으로 나가서 성당의 웅장한 고딕 현관으로 달려갔다. 그곳에서 아이는 들키지 않고 집을 지켜볼 수 있었다. 집의 한쪽에 도자기를 파는 사람이 세 들어 살았고 오스트리아에서 흔히 볼 수 있는 풍경인 파란색과 회색의 물병이 주렁주렁 걸려 있었다.

아우구스트는 성당의 넓은 현관 지붕 아래에 몸을 숨겼다. 그곳은 미사나 저녁 기도에 갈 때 자주 지나다니던 곳이었다. 아이는 짚으로 싸인 난로가 집 밖으로 옮겨져서 아주 조심스럽게 소가 끄는 수레에 실리는 것을 보고 심장이 쿵쾅거렸다. 바이에른 사람 두 명이 난로 옆에 탔다. 짐을 실은 썰매는 돌처럼 단단한 눈 위를 천천히 나아갔다. 오래된 장엄한 대성당은 어두운 회색 벽돌과 넓은 아치 지붕으로 된 통로, 교회 하나 정도는 될 거 같은 넓은 현관 그리고 괴이한 가고일*과 철제로 된 등 장식이 있었다. 눈이 내린 지붕과 인도를 배경으로 성당은 아주 장엄하고 엄숙해 보였다. 하지만 아우구스트의 눈에 그런 것들이 들어오지 않았다. 그의 눈은 오로지 오랜 친구를 쫓을 뿐이었다. 할에 사는 다른 소년들처럼 작고 눈에 띄지 않는 몸집인 아우구스트는 그의 형제나 누이들에게 들키지 않고 성당 현관을 기어 나가 울퉁불퉁한 네모난 광장의 완만한 비탈을 지나서 짐마차의 흔적을 따라갔다.

짐마차 흔적은 제염소 근처의 기차역으로 이어졌다. 작고 깨끗한 할에서 이 구역만 때때로 연기로 뒤덮였다. 그래도 주변을 많이 오염시키거나 그러지는 않았다. 할에서부터 북쪽으로 뻗은 철길은 눈부시게 아름다운 강산을 지나 잘츠부르크, 빈, 프라하, 부다페스트를 향했고 남쪽으로는 브렌네르 고개를 넘어 이탈리아까지 뻗어 있었다. 히르슈포겔은 과연 북쪽으로 갈까, 남쪽으로 갈까? 적어도 그것만은 곧 알게 될 것 같았다.

아우구스트는 자주 그 작은 역을 어슬렁거리면서 열차가 오가고 언덕 사이로 사라지는 것을 구경하곤 했다. 소년이 돌아다니는

---

* 기독교 교회의 지붕 네 귀퉁이에 있는 괴물 상이다.

것에 대해 뭐라고 하는 사람은 아무도 없었다. 이 평화로운 땅의 사람들은 착하고 순해서, 아이들과 개도 행복하게 지낼 수 있었다. 아우구스트는 바이에른 사람들이 고래고래 소리치며 싸우는 소리를 들었다. 들어보니 그들은 난로와 함께 기차에 타고 싶어 했지만 난로를 여객 열차에 실을 수도 없었고 그들이 화물 열차에 탈 수도 없었다. 그래서 결국 장사꾼들은 귀중한 짐에 비싼 보험을 들고, 30분 뒤에 할을 통과하는 화물 열차에 난로를 실어 보내기로 했다. 급행열차는 할이라는 마을이 있는지조차 모른 채 그냥 지나칠 때가 많았다.

아우구스트는 그 말을 듣고 작은 가슴에 굳은 다짐을 했다. 히르슈포겔이 가는 곳이라면 자신도 간다고. 그는 도로테아 누나 생각이 났다. 차가운 집에 앉아 있을 착하고 불쌍한 나의 누나 도로테아! 아이는 계획에 들어갔다. 어떻게 했는지 자기 자신도 분명하게 알지 못했지만 북쪽 다뉴브 강이 있는 린츠에서 달려온 화물 열차가 할을 떠날 때 아우구스트는 커다란 덮개가 씌워진 짐칸 안에 들어가 난로 뒤에 숨었다. 아이는 아무에게도 들키지 않았고 아무도 생각지 못한 곳에 숨어 있었다. 짚으로 싸고 끈으로 감긴 히르슈포겔 옆에는 나무 상자와 시계와 태엽 장치, 빈의 인형들, 터키의 카펫, 러시아 가죽들, 헝가리의 와인 상자들이 있었다. 아우구스트가 몹시 대담하고 위험한 행동을 한 것은 틀림없었지만, 아이는 자신이 그렇다고는 전혀 생각하지 않았다. 머릿속에는 자신의 사랑하는 친구이자 불의 왕을 따라가겠다는 한 가지 생각밖에 없었다.

화물칸은 아주 어두웠고 문 위쪽에 작은 창문이 하나 있었다. 온갖 물건들로 꽉 차 있었고 러시아산 가죽과 햄에서 역한 냄새가 났지만 아우구스트는 두렵지 않았다. 그는 히르슈포겔 옆에 있었고 잠시 후에는 좀 더 가까이 갈 테니까. 아예 히르슈포겔 안으로 들어갈 생각이었다. 영리한 작은 소년은 운 좋게도 바지 주머니 안에 전날 나무를 패서 번 동전 두 개가 들어 있었고, 그 돈으로 역에서 한 아주머니에게 빵과 소시지를 샀다. 아우구스트를 아는 아주머니는 아이가 옌바흐의 농장에 사는 요하임 삼촌에게 가는 길이겠거니 하고 생각했다. 아우구스트는 어둠 속에서 아까 산 빵과 소시지를 먹었다. 살면서 기차 비슷한 것도 타본 적이 없는 아이는 기차가 흔들흔들하면서 쿵쾅거리고 온갖 시끄러운 소리를 내는 통에 현기증이 날 것만 같았다. 그래도 그 힘든 상황에서도 꿋꿋하게 먹었다. 아침도 못 먹은 데다가, 아이의 몸에는 강인한 게르만 민족의 피가 절반은 흐르고 있었기 때문이다. 그리고 언제 또 먹을 기회가 있을지 모르니까 말이다.

아이는 양껏 먹을 수는 없었다. 언제 먹을 것을 살 수 있을지 알 수 없었기 때문에 적당히 배를 채운 뒤에 작은 생쥐처럼 난로를 싼 짚에 구멍을 뚫는 일에 착수했다. 만약 난로가 나무 상자 안에 들어가 있었으면 엄두도 못 냈을 터였다. 아이는 난로의 아궁이가 있다고 생각되는 곳을 쥐처럼 이로 갉고 물어뜯고 당기고 밀고 하면서 구멍을 냈다. 항상 커다란 통나무 조각을 넣어주던 아궁이가 어디쯤인지는 잘 알고 있었다. 아이를 방해하는 사람은 아무도 없었다. 육중한 기차는 느릿느릿 계속해서 움직였고 아이는 아름다운 산과 빛나는 강물과 드넓은 숲을 지나가면서 아무것도 보지 못했다. 아우구스트는 열심히 밀짚과 꼬인 밧줄을 헤쳤다. 마침내 잘 알고 있는 난로의 아궁이가 나왔다. 아우구스트만 한 나이의 아이가 들어갈 수 있을 만큼 아궁이는 넓었다. 그것이 아이가 믿고 있던 구석이었다. 집에서도 자주 재미로 그랬던 것처럼 아이는 그 안으로 쏙 들어가서 몸을 말고 오랫동안 버틸 수 있을지 보았다. 할 만한 것 같았다. 난로의 놋쇠 장식을 통해 공기도 들어왔다. 아우구스트는 아이치고 놀랄 만큼 세심하게 아궁이 밖으로 팔을 뻗어 지푸라기를 다시 오므려놓고 밧줄을 묶었다. 작은 쥐 한 마리조차 난로 안에 있다고 생각하지 못할 만큼 감쪽같이 해놓았다. 그런 다음 정말로 겨울잠을 자는 쥐처럼 몸을 웅크렸다.

정말 추웠지만 히르슈포겔 안에서 안전한 기분이 든 아이는 마치 알브레히트와 크리스토프가 양 옆에 누워 있는 집인 듯 그대로 잠이 들었다. 기차는 느릿느릿 움직이며 화물 열차가 으레 그러하듯 자주 멈춰 섰고 오래 쉬었다. 기차는 눈 쌓인 한밤중에 숲속에서 개가 눈을 빛내듯이, 전조등을 켜고 깊은 산속을 덜컹거리며 지나갔다.

기차는 육중한 몸집으로 천천히 굴러갔다. 아우구스트는 꽤 오랫동안 곤히 잠들어 있었다. 아이가 깨어났을 때 바깥은 꽤 어두웠다. 칠흑 같은 어둠 속에 있어서 아무것도 보이지 않았다. 순간 아우구스트는 덜컥 겁이 나서 덜덜 떨다가 집에 두고 온 가족들 생각에 마음이 아파서 소리 죽여 흐느꼈다.

불쌍한 도로테아 누나! 얼마나 걱정할까! 온 마을을 뛰어다니고 암파스 마을의 외할아버지에게도 가볼 것이다. 아마 요하임 삼촌 한테 도망갔을지도 모른다는 생각에 옌바흐에 사람을 보냈을지도 모른다! 슬퍼하고 있을 다정한 누나를 생각하니 양심의 가책이 느껴졌다. 하지만 다시 돌아가고 싶다는 생각은 들지 않았다.

한 번 히르슈포겔을 놓치면 어떻게 찾아? 동서남북 중에서 히르 슈포겔이 어디로 갔는지 어떻게 알겠어? 나이 든 이웃집 할아버 지는 세상이 좁다고 했지만 그 좁은 세상에도 엄청나게 많은 장소 가 있다는 것쯤은 아우구스트도 알고 있었다. 아이는 학교 벽에 걸려 있던 지도를 본 적이 있었다. 만약 다른 아이가 아우구스트와 같은 상황에 처했다면 무서워서 어쩔 줄 몰라 했을 것이다. 하지만 아우구스트는 용감했고 신과 히르슈포겔이 자신을 보살펴줄 거라 는 강한 믿음이 있었다. 뉘른베르크의 일류 도예가는 항상 아이의 마음속에 존재했다. 이 도자기 탑을 만든 사람의 다정하고, 상냥하고, 자애로운 영혼이 그 속에 깃들어 있는 게 분명했다.

말도 안 되는 이야기라고? 하지만 모든 아이들의 영혼은 아우구스트처럼 별난 상상을 하기 마련이다.

그래서 완전한 어둠 속에 있었지만 아우구스트는 자신의 공포와 슬픔을 극복할 수 있었다. 난로는 아주 컸고 위쪽으로 놋쇠 장식이 빙 둘러져 있어 공기도 잘 통했으며 전혀 비좁다는 생각도 들지 않았다. 아이는 또 배가 고파져서 다시 신중하게 빵과 소시지를 조금씩 아껴 먹었다. 몇 시인지 알 길이 없었다. 매번 기차가 멈출 때마다 쿵쾅거리는 소리, 저벅거리는 발소리, 고함 소리, 쇠사슬이 짤그랑거리는 소리가 들렸고 그때마다 아이는 심장이 튀어나올 만큼 놀라곤 했다. 만약 사람들이 나를 발견하면 어쩌지! 가끔 짐꾼들이 와서 이 상자나 저 상자를, 여기에 있는 자루를, 저기에 있는 곤포를, 이제 커다란 가방을, 방금은 샤모아 가죽*을 가져갔다. 매번 짐꾼은 아우구스트 가까이까지 와서 쿵쾅거렸고, 욕지거리를 하고 이것저것을 앞뒤로 쿵쿵 던졌다. 아이는 들킬까 봐 잔뜩 긴장해서 숨이 멎을 것만 같았다. 난로를 가지러 왔다가 들키면 어떻게 하지? 짐꾼들한테 들키면 죽일지도 몰라. 아이는 어둠 속에서 내내 이런 생각을 했다.

화물 열차는 아주 느렸고, 급행열차가 몇 시간이면 갈 거리를 며칠에 걸려서 갔다. 그래도 이 기차는 바이에른 왕의 물건을 싣고 있어서 다른 기차보다 빠른 편이었다. 우편 기차라면 반나절에 갈 거리를 짧은 겨울 낮과 긴 겨울밤 그리고 또 반나절을 더 돌아갔다. 기차는 아름답고 장엄한 계곡을 가로질러 쿠프슈타인 요새를 지나갔다. 쿠프슈타인 요새는 오스트리아의 적이란 적은 아무도 지나갈 수 없게 철통같이 지키고 있었다.

12시간이 지난 후, 외딴 역에서 잠시 쉰 기차는 바이에른 국경

---

* 기름 무두질 가죽의 대표적인 것으로, 현재는 주로 사슴 가죽을 사용한다.

의 아름다운 로젠하임 역에 섰다. 여기서 짐꾼들은 아우구스트가 안에 들어 있는 뉘른베르크의 난로를 조심스레 들어 올려서 포장된 상태 그대로 옮겼다. 짐꾼들이 난로를 들어 올릴 때 아이는 터져 나오는 비명을 참느라 애썼다. 짐꾼들이 커다란 난로를 들어 올리자, 아이는 이리저리 굴러다녔다. 아이가 사랑해 마지않는 불의 왕은 오리털 쿠션이 아니라 도자기였다. 사람들이 난로가 무겁다며 욕을 하고 툴툴댔지만, 살아 있는 아이가 안에 들어 있으리라고는 전혀 상상도 하지 못했다. 사람들은 난로를 역에서 싣고 나와 화물 창고에 내려놓았다. 화물 창고에서 남은 밤을 보냈고, 다음 날 아침까지 아우구스트는 난로 안에 있었다.

로젠하임의 초겨울 바람은 매서웠다. 광대한 바이에른의 평원은 모두 하얀 눈에 뒤덮였다. 항상 철길의 눈을 치워주는 일꾼이 없었다면 어떤 기차도 달리지 못했을 것이다. 아우구스트에게는 다행히도 난로 포장이 워낙 두껍게 되어 있었고 난로 자체도 원체 튼튼해서 추위를 피할 수 있었다. 까딱했으면 얼어 죽었을 것이다. 아우구스트에게는 아직 빵과 소시지가 조금 남아 있었지만, 너무 목이 말라 고통스러웠다. 목이 마르자, 아이는 두려움이 몰려왔다. 왜냐하면 도로테아 누나가 들려준 난파선 선원들의 이야기가 생각났기 때문이다. 난파선의 선원들이 짠 바닷물 말고는 마실 물이 없어서 고통 받다가 죽었다는 내용이었다. 집에 있는 오래된 펌프에서 꽐꽐 쏟아지는 물이 마시고 싶었다. 산에서 내려온 얼음처럼 차갑고 탄산이 들어서 톡 쏘는 물이었다.

다행히 난로에는 '취급주의, 귀중품'이라고 쓰여 있어서 여느 짐짝처럼 취급받지 않았다. 로젠하임의 역장은 그 화물을 받게 될 사람이 누구인지 알고 있었고, 난로를 새벽녘에 여객 열차편으로 보내기로 했다. 이 기차가 빈, 프라하, 부다페스트, 잘츠부르크를 지나갈 때, 아우구스트는 다른 여행객들의 짐과 함께 난로 안에서 들키지 않고 여전히 땅속에서 겨울잠을 자는 두더지처럼 웅크리고 있었다. '취급주의, 귀중품'이라는 글은 짐꾼들이 히르슈포겔을 조심스레 들게 해주었다. 아이는 자신의 감옥에 익숙해졌다. 기차는 끊임없이 덜컹거리고 흔들렸다. 이 근대의 발명품은 스스로 아주 강하고 편리하다고 뽐내지만 항상 이렇게 덜컹덜컹하고 울렁거렸다. 어둠 속에서 아이는 목이 타들어갔다. 아우구스트는 커다란 뉘른베르크 난로의 도자기 벽을 만지며 나지막한 목소리로 속삭였다.

"날 지켜줘. 나를 지켜줘. 사랑하는 히르슈포겔!"

아우구스트는 '날 집에 보내줘'라고는 말하지 않았다. 난생처음으로 세상 밖으로 나온 아이는 조금이나마 세상 구경도 하고 싶었다. 아우구스트는 기차가 덜컹거리고 으르렁거리고 칙칙 소리를 내고, 철커덩거리는 소리를 들으면서 온 세상을 다 돌았다고 생각했다. 어둠 속에 갇혀 있자니 아이는 외할아버지 집에서 불가에 둘러앉아 들었던 모든 이야기가 하나씩 떠올랐다. 요정 놈*과 엘프,

---

* 땅속에 사는 늙은 난쟁이로 금은의 소재를 알고 있다고 한다.

지하 세계의 괴물, 아이들을 죽음의 나라로 이끄는 요정의 왕 얼왕이 밤에 흑마를 타고 다니고, 또……. 아우구스트는 다시 훌쩍거리며 울다가 목 놓아 울기 시작했다. 하지만 증기 소리가 너무 커서 주변에 누가 있었더라도 듣지 못했을 것이다. 잠시 후에 열차가 철커덩 멈췄다. 난로 안에서도 "뮌헨! 뮌헨!" 하는 고함이 들렸다.

아우구스트는 자신이 바이에른의 심장부에 왔다는 것 정도는 알았다. 아우구스트에게는 바이에른 숲에서 경비대 총에 맞아 죽은 삼촌이 있었다. 검은 곰을 사냥하는 재미에 빠져 그만 티롤 국경을 넘어버린 것이었다. 죽은 삼촌은 젊고 용맹한 산양 사냥꾼이었고, 아우구스트에게 탄약을 장전하고 방아쇠를 당기는 법을 가르쳐주기도 했다. 그 삼촌의 운명 때문에 아이에게 바이에른은 이름만으로도 공포 그 자체였다.

"바이에른이야! 바이에른이라고!"

아이는 난로 안에서 흐느꼈다. 하지만 난로는 아무 말도 하지 않았다. 난로 안에는 불꽃이 없었다. 사람이 빛이 없으면 보지 못하듯이, 난로는 불꽃이 없으면 말을 못하는 법이다. 불꽃을 피워주면 난로는 당신을 위해 노래하고, 이야기를 하고 공감을 바라면 들어줄 것이다.

"바이에른이야!"

아우구스트가 훌쩍였다. 티롤 사람에게 그 이름은 언제나 불길한 징조였다. 산림 경비대와 사냥꾼이 만나면 격렬한 전투가 벌어졌고 한밤중에 총성이 울리면서 명대로 살지 못하고 죽는 사람이 생겼다. 어쨌든 기차는 멈췄고, 뮌헨에 도착했다. 아우구스트는 열이 올랐다가 한기가 들었다가 하면서 사시나무 떨듯 바르르 떨었다. 난로는 다시 한번 짐꾼들의 어깨에 실려서 수레에 올라탄 것 같았다. 마침내 알 수 없는 곳에 내렸고, 목마르다는 생각밖에 나지 않았다, 목이 타들어가는 것 같았다! 손을 뻗어 눈을 한 주먹 뜰 수만 있다면!

아우구스트는 자신이 짐수레를 타고 아주 멀리 갔다고 생각했다. 하지만 사실 난로는 기차역에서 마리엔 광장에 있는 가게로 옮겨진 것뿐이었다. 다행히 난로는 금박을 입힌 다리 네 개가 아래로 향하게 똑바로 세워졌다. 난로 위에 붙여놓은 경고 글귀 때문이었다. 이제 난로는 금박을 입힌 발을 한스 릴퍼의 비좁고 어두운 골동품 가게에 디디고 서 있었다.

"안톤이 올 때까지 풀지 않겠네."

아우구스트는 한 남자의 목소리를 들었다. 그리고 자물쇠에 열쇠를 넣고 짤깍 돌리는 소리가 들렸다. 아이는 자신이 혼자 있다는 것이 확실해질 때까지 소리 내지 않고 가만히 있다가 지푸라기 사이로 살며시 고개를 내밀어 보았다. 작고 네모난 방에 단지와 냄비, 그림과 조각품, 오래된 파란 물병, 오래된 강철 갑옷과 방패와 검, 중국의 부처상, 빈의 도자기, 터키의 카펫, 잡동사니 예술품과 공예품이 뒤섞여 있는 골동품 가게였다. 아우구스트가 보기에 더없이 멋진 곳이었다. 하지만 그보다 더 급한 것은 이곳에 마실 물이 있을까 하는 거였다. 아이의 머릿속은 오직 이 생각 하나밖에 없었다. 혀가 바짝 마르고 목이 타들어갔고 먼지가 들어간 것처럼 가슴이 답답하고 숨이 막혔다. 물은 한 방울도 없었지만 쇠 격자창이 있었다. 창문 너머에는 널찍한 돌로 된 창틀이 눈에 덮여 있었다. 아우구스트는 잠긴 문을 힐끗 보고 숨어 있던 곳에서 쏜살같이 달려 나와서 창문을 열고 눈을 입에 쑤셔 넣고 또 넣었다. 그다음 다시 난로로 돌아와서 드나든 곳의 지푸라기를 다시 오므리고 밧줄을 묶고 놋쇠 아궁이 문을 닫았다. 아이는 커다란 고드름도 몇 개 가져왔다. 그걸로 목이 아주 마를 때 잠깐이라도 목을 축일 수 있을 것 같았다. 아우구스트는 난로 바닥에 가만히 앉아서 귀를 쫑긋 세우고 정신을 바짝 차렸다. 다시 한번 타고난 배짱이 되살아났다.

도로테아 누나를 생각하면 자꾸 마음이 아파오고 이따금 심장을 쥐어짜는 것 같았다. 하지만 이렇게 생각하기로 했다.

"만약 내가 히르슈포겔을 다시 가져가면 누나가 얼마나 좋아하겠어? 에르멘길다도 손뼉을 짝짝 치겠지!"

아우구스트는 자기 혼자만의 이기심으로 히르슈포겔을 사랑하는 것이 아니었다. 자신뿐만이 아니라 집에 있는 가족 모두를 위해 난로를 되찾고 싶었다. 마음 깊은 곳에서 아버지에 대한 부끄러움과 아픔이 몰려왔다. 바로 자신의 친아버지가 난로를 없애고 명예를 팔아버렸다.

눈을 먹으러 갔을 때 울새 한 마리가 근처의 처마에 있는 그리핀 석상 위에 앉아 있었다. 아우구스트는 호주머니에 있는 빵가루를 얼어붙은 눈 위에 사뿐히 앉아 있는 작은 새에게 던져주었다.

어둠 속에서 아우구스트는 작은 노랫소리를 들었다. 창문의 유리와 난로의 벽을 통과해서 희미하긴 하지만 그래도 분명히 아주 아름답고 달콤한 노래가 들려왔다. 그것은 빵부스러기를 먹고 난 울새가 부르는 노래였다. 아우구스트는 그 소리를 듣다가 눈물을 왈칵 쏟았다. 도로테아 누나는 아침마다 곡식이나 빵가루를 성당 마당의 눈 위에 던져주며 이렇게 말하곤 했다.

"신이 만든 가장 예쁜 존재를 잊는다면 성당에 다닌다 해도 무슨 소용이니."

불쌍한 도로테아 누나, 불쌍하고, 착하고, 다정하고 많은 짐을 진 어린 영혼이여! 누나 생각을 하니 비처럼 눈물이 쏟아져 내렸다.

그래도 히르슈포겔을 두고 집으로 가고 싶다는 생각은 전혀 들지 않았다.

그때 문에서 자물쇠에 열쇠를 넣고 돌리는 소리가 났다. 무거운 발소리와 아버지에게 '미친 개를 한 마리 키우고 있군요. 재갈을 물리시죠!'라고 이야기했던 남자의 목소리가 들렸다. 그 목소리는 이번에는 이렇게 말했다.

"그래, 맞아. 항상 나더러 바보라고 했지? 이제 내가 단돈 200플로린으로 뭘 가져왔는지 봐! 젠장! 이렇게 크게 한 방 터트린 적은 없을걸."

그런 다음 다른 목소리가 툴툴대며 욕을 했다. 남자 두 명의 발걸음 소리가 더 가까이 다가오자, 아우구스트는 옆에서 가정부가 비질하는 소리를 들은 치즈 위의 생쥐처럼 심장이 벌렁거렸다. 지푸라기와 밧줄이 부스럭거리는 소리로 봐서 난로의 포장을 벗기고 있는 거 같았다. 아이는 난로를 처음 본 남자가 놀라움에 사로잡혀서 감탄사를 내뱉는 소리를 듣고 포장을 완전히 벗겼다는 것을 알았다.

"진정한 왕가의 물건이야! 훌륭해, 절대 비길 데가 없는 물건이군! 호엔 잘츠부르크의 커다란 난로보다 더 위대해! 절묘하고! 참으로 아름답고 독보적이야!"

걸걸하고 굵은 목소리가 찬사를 쏟아냈고 그들이 입을 열 때마다 난로 속에 웅크리고 있는 아우구스트에게까지 맥주 냄새가 심하게 풍겨왔다. 만약 저들이 아궁이를 열어보기라도 한다면! 아우구스트는 겁이 나서 제정신이 아니었다. 만약 그들이 아궁이를 열면 끝장이었다. 외삼촌이 바이에른에서 죽은 것처럼 자신을 끌어내서 죽일지도 몰랐다.

괴로워하는 아이의 이마에서 식은땀이 흘러내렸다. 하지만 자신을 제어하고 조용히 있으려고 애썼다. 남자들은 뉘른베르크 거장의 작품 옆에 서서 거의 1시간 가까이 난로를 칭찬하고, 감탄하고, 묘사하며 독일어로 떠들어댔다. 이제 그들은 저쪽으로 가서 얼마에 팔지, 이득 분배는 어떻게 할지에 대해 이야기하기 시작했는데 무슨 대화인지 아이는 도무지 알아들을 수가 없었다. 아이가 알아들은 것은 어떤 왕의 이름뿐이었다. 왕에 대한 이야기가 그들의 대화에 자주 나왔다. 아이는 그들이 험하게 욕하고 거친 목소리를 높여서 싸우는 줄로만 알았는데, 잠시 후에 아주 만족스럽게 서로 합의점을 찾은 것 같았다. 그리고 신이 나서 위풍당당하게 서 있는 히르슈포겔의 반짝이는 옆구리를 찰싹 치며 소리쳤다.

"벙어리 양반, 우리에게 아주 귀한 행운을 가지고 왔구려! 그동안 병신 같은 제염소 일꾼의 집에서 연기를 뿜어대느라 고생했네!"

그 말을 들은 아우구스트는 화가 나서 벌떡 몸을 일으켰다. 얼굴이 빨개지고 주먹을 꽉 쥐고서, 네놈들이 바로 날강도고 아버지에 대해 나쁜 말을 하지 말라고 소리칠 뻔했다. 하지만 아이는 한마디 말이라도 하거나 소리를 내면 모든 게 끝장이라는 걸 깨달았다. 히르슈포겔과 영원히 헤어질 수도 있다는 것을!

아우구스트는 가만히 입을 다물었다. 남자들은 작은 격자창의 덧문을 내리고 문밖으로 나가 이중으로 자물쇠를 채웠다. 들어보니 어떤 대단한 사람에게 히르슈포겔을 보여주기로 한 것 같아서 아이는 감히 움직이지도 못하고 있었다. 거리에서 나는 소리가 덧문을 지나 아이 귀에 희미하게 들려왔다. 마차가 굴러가는 소리, 성당의 종소리, 군악대의 연주 소리가 울려 퍼지는 소리가 들렸다. 뮌헨의 거리는 좀처럼 조용한 법이 없었다. 1시간 정도가 지났다. 계단에서 발자국 소리가 날 때마다 아이는 계속 신경을 곤두세웠다. 산에 둘러싸인 맑은 강물이 흐르는 할이라는 활기찬 작은 세계에서 멀리 떨어져 있다는 사실과 배고픔을 잊어버릴 정도로 마음을 졸였다.

다시 문이 벌컥 열렸다. 아우구스트는 두 중개인이 간사스러운 목소리로 영광이니 은혜니 하면서 기다란 귀족의 칭호를 여러 번 말하는 것을 들었다. 새로 온 사람은 더 맑고 품위 있는 목소리로 그들에게 간결하게 답했다. 그 사람은 뉘른베르크 난로 가까이로 와서 아이의 귀 근처에서 단 한마디를 내뱉었다.

"훌륭하군!"

아우구스트는 이렇게 큰 도시에서 사랑하는 히르슈포겔이 인정받는 게 너무 자랑스러워 무서운 것도 잊을 뻔했다. 아이는 하늘에 계신 히르슈포겔님도 역시 기뻐하실 거라 생각했다.

낯선 사람이 두 번째로 입을 열었다.

"대단해!"

그런 다음 낯선 사람이 난로의 구석구석을 살펴보았다. 격언도 모두 읽어보고 모든 부분을 오랫동안 찬찬히 응시했다.

마침내 그 사람이 말했다.

"막시밀리안 황제에게 진상했던 물건이 틀림없어."

그동안 불쌍한 작은 소년은 언제 그가 아궁이를 열지 몰라서 두려움에 떨면서 안에서 '눈 가리고 아옹'하듯이 잔뜩 웅크리고 있었다. 그런데 정말로 그 신사가 아궁이를 열고 놋쇠로 된 경첩이 잘 작동하는지 살펴보았다. 하지만 안쪽은 너무 어두웠고 고슴도치처럼 둥글게 몸을 웅크리고 있던 아우구스트를 눈치채지 못했다. 마침내 신사는 안에 이상한 것이 있는지 들여다보지 않고 문을 닫았다. 그런 다음 신사는 장사꾼과 낮은 목소리로 긴 대화를 나눴다. 그의 억양은 아우구스트가 쓰는 것과 달라서, 아이는 그가 하는 말을 조금밖에 알아들을 수가 없었다. 왕의 이름과 굴덴*이라는 단어가 자꾸 나온다는 것만 알았다. 한참 후에 신사가 나갔고 장사꾼 중 하나가 그를 따라갔다. 나머지 한 명은 셔터를 내리기 위해 뒤에 남아 있다가 문을 이중으로 잠근 후에 떠났다.

불쌍한 작은 고슴도치는 그제야 웅크린 몸을 풀고 크게 한숨을 내쉬었다.

몇 시쯤 됐을까?

'날이 저물었겠지'라고 아우구스트는 생각했다. 아까 성냥을 긋는 소리가 들리고, 놋쇠 장식 사이로 불빛이 들어오는 것을 보니 신사와 함께 나간 사람이 등불을 켠 것 같았다. 아우구스트는 여기서 밤을 보내야만 했다. 그건 확실했다. 비록 갇혀 있었지만 그래도 히르슈포겔과 함께 있었다. 단지 먹을 게 조금이라도 있었다면! 이 시간이면 집에서 달금한 수프를 먹고 있을 텐데. 이따금 마리아 이모의 농장에서 나오는 사과를 넣어 먹기도 했는데. 그리고 함께 노래를 부르고, 도로테아 누나가 읽어주는 짧은 이야기를 들었으며, 위대한 뉘른베르크의 불의 왕이 내보내는 빛줄기에 기쁘게 몸을 녹이고는 했는데……

"불쌍한, 불쌍한 우리 에르멘길다! 히르슈포겔 없이 지금 어쩌고 있을까? 불쌍한 에르멘길다! 구질구질한 작은 부엌에 있는 못생긴 까만 난로 옆에 있겠지. 오, 아버지는 어쩌면 이렇게 잔인하

---

* 14~19세기에 독일에서 사용하던 화폐 단위다.

실까!"

아우구스트는 혼잣말했다.

아우구스트는 장사꾼들이 아버지를 욕하고 비웃는 것을 듣고 있기가 힘들었지만, 그래도 아버지가 히르슈포겔을 판 것은 너무나 잔인한 일이라고 생각했다. 기나긴 겨울 저녁의 기억은 전부 히르슈포겔과 함께였다. 모두 난로 가까이 둘러앉아서, 밤이나 돌능금을 구워 먹으며 윙윙거리는 바람 소리와 성당의 종소리에 귀 기울였다. 그리고 늑대들이 산에서 내려와 할의 거리를 어슬렁거린다는 얘기를 서로 그럴듯하게 꾸며 들려주었고, 그럴 때면 문밖에서 늑대가 울고 있는 듯했다. 이 모든 기억이 도시의 종소리와 함께 몰려왔다.

이제는 완전히 캄캄한 밤이 되었고, 아우구스트는 배고픔과 두려움에 압도되어 왈칵 울음을 터뜨렸다. 아이는 난로에 들어간 뒤 수없이 울음을 터트렸다. 아이는 자신이 굶어 죽을지도 모른다는 생각이 들었다. 그러면 히르슈포겔이 신경이나 써줄까 궁금했다. 그럴 거야. 히르슈포겔이 자신을 생각해줄 거라고 확신했다. 긴 여름 내내 히르슈포겔을 만병초와 에델바이스, 골풀로 꾸며주고, 백리향과 인동 덩굴과 산나리로 장식해주지 않았는가? 산타클로스가 오실 때는 잊지 않고 호랑가시나무와 아이비로 리스를 만들어 둘러주지 않았는가?

아우구스트는 오래된 불의 왕에게 기도했다.

"오, 나를 지켜줘, 나를 구해줘, 나를 보살펴주렴!"

불쌍한 작은 아이는 자신이 히르슈포겔이라는 기러기를 구하려고 멀리 북쪽 땅까지 왔다는 사실을 잊어버렸다.

얼마 후 아우구스트는 산에서 자란 작고 튼튼한 소년답게, 아이들이 으레 그러하듯 울다가 그 자리에서 그대로 잠들어버렸다. 골동품으로 가득 찬 가게는 그리 춥지 않았다. 문은 꼭 닫혀 있었고 물건들로 가득 차 있었다. 게다가 가게 뒤쪽으로 땔감을 많이 떼는 옆집의 뜨거운 굴뚝이 맞닿아 있었다. 아우구스트의 옷은 따뜻했고 아직 팔팔한 어린아이였다. 그래서 끔찍하게 추운 뮌헨의 12월에 얼어 죽지 않을 수 있었다. 아이는 밤 동안 슬픔과 위험과 배고픔을 잊은 채 편안하게 곤히 잠들었다.

도시의 놋쇠 종들이 일제히 자정을 알리는 소리에 아이는 잠에서 깼다. 주변은 조용했다. 아우구스트는 왜 이렇게 주변이 이상하게 밝은지 궁금해서 놋쇠 아궁이로 머리를 살며시 내밀어 보았다.

그것은 정말 이상하게 밝은 빛이었지만, 아이는 그 빛이 무섭거나 놀랍게 느껴지지 않았다. 게다가 보통 사람들 같으면 아주 놀랐을 텐데, 아이는 그 빛 속에서 골동품들이 움직이는 모습을 보고도 전혀 놀라지 않았다.

12사도가 그려진 크로이센의 커다란 항아리는 통통한 파엔차* 물병과 근엄하게 미뉴에트를 추고 있었다. 키 큰 네덜란드 시계는 가느다란 다리의 오래된 의자와 함께 가보트를 추고 있었고, 리

---

* 이탈리아의 도시로 도자기로 유명하다.

텐하우젠의 아주 우스꽝스럽게 생긴 도자기 인형은 울름의 뻣뻣한 테라코타 병사에게 절을 하고 있었다. 크레모나의 오래된 바이올린은 스스로 연주를 했고, 색 바랜 장미가 그려진 소형 피아노는 자기 딴에는 즐거운 노래를 한다고 했지만 묘하게 가늘고 새된 애처로운 음악을 연주했다. 금박을 입힌 스페인의 가죽은 벽에서 일어나서 웃어댔다. 꽃 왕관을 쓴 드레스덴의 거울은 경쾌하게 걸어 다녔고, 일본의 청동상은 그리핀을 타고 돌아다녔다. 날씬한 베네치아 양날 검과 통통한 페라라의 검은 작고 창백한 얼굴의 하얀 님펜부르크 도자기 처녀를 두고 칼싸움을 하고 있었다.

우둥퉁한 잿빛 사암으로 된 프랑크 물병이 크게 소리쳤다.

"오, 이탈리아 출신들은! 항상 싸움질이라니까!"

하지만 아무도 그 말에 귀를 기울이지 않았다. 많은 수의 작은 드레스덴 컵과 컵 받침들은 모두 콩콩 뛰며 왈츠를 추고 있었고, 넓고 둥그런 얼굴의 찻주전자들은 팽이를 돌리듯 자신들의 뚜껑을 돌리고 있었다. 등받이가 높은 금박 의자들은 자기들끼리 카드 놀이를 하고 있었으며 목에 파란 리본을 한 앙증맞은 작센 푸들은 이리저리 뛰어다녔다. 코르넬리스의 누런 고양이는 파란 도자기로 된 1489년산 델프트 말을 타고 다녔다. 그리고 이 모든 풍경을 비추고 있는 빛은 바로 양초도 없는 세 개의 은촛대에서 나오고 있었다. 그중에서도 가장 놀라운 일은 아우구스트가 이런 말도 안 되는 광경을 보고도 전혀 놀라지 않았다는 것이다! 아이는 단지 바이올린과 작은 피아노의 연주 소리를 듣고 함께 춤추고 싶어

몸이 근질근질할 뿐이었다.

아이의 얼굴에 속마음이 그대로 드러난 모양이었다. 머리에 파우더를 뿌리고 발에는 구두를 신은 사랑스러운 작은 아가씨가 아이에게 다가와서, 생긋 웃으며 손을 내밀고 미뉴에트를 추는 곳으로 아이를 이끌었다. 분홍색, 금색, 하얀색으로 된 아주 섬세한 마이센 도자기로 만들어진 아가씨였다. 그런데 놀랍게도 아우구스트가 완벽하게 춤을 춘 것이다. 아우구스트는 두껍고 투박한 신발을 신고, 집에서 짠 거친 린넨 옷과 양가죽 재킷에, 챙 넓은 티롤 모자를 쓴 불쌍한 어린아이였는데 말이다. 아우구스트는 왕관이 정당하게 공경받던 시절에 왕과 왕비가 추던 춤을 완벽하게 춘 것이 틀림없었다. 왜냐하면 사랑스러운 아가씨가 계속 상냥하게 미소를 지으며 전혀 꾸짖지 않았기 때문이다. 그리고 아가씨도 소형 피아노의 연주에 맞춰 우아하게 움직이면서 아주 훌륭하게 춤을 춰서 아우구스트는 미뉴에트가 끝날 때까지 그녀에게서 눈을 뗄 수가 없었다. 춤이 끝난 후에 아가씨는 자신의 하얀색과 금색이 섞인 받침대에 가 앉았다.

"난 작센 공국의 공주야. 넌 미뉴에트를 참 잘 추는구나."

공주가 상냥한 미소를 띠고 아이에게 말했다.

"공주님, 왜 어떤 물건과 가구는 춤을 추고 말을 하는데, 어떤 물건들은 잡동사니처럼 구석에 널브러져 있는 건가요? 혹시 무례한 질문은 아니겠지요?"

아우구스트가 조심스레 물어보았다. 어떤 잡동사니들은 생명을 얻어 움직이는 반면에 왜 어떤 것들은 가만히 꿈쩍도 하지 않는지 정말 궁금했다.

"귀여운 아이야. 어떻게 이유를 모를 수가 있니? 저것들이 가만히 있는 이유는 가짜니까 그렇지!"

공주는 그 한마디로 모든 것을 설명할 수 있다는 듯 아주 단호하게 대답했다.

"가짜라고요?"

아우구스트는 잘 이해하지 못해서 소심하게 되물었다.

"당연하지! 가짜고, 위조고, 모조품이지! 저것들은 단지 우리를 흉내 낸 물건일 뿐이야! 저것들은 절대 깨어나지 않아. 어떻게 살아날 수 있겠어? 가짜에 영혼이 깃든 적은 이제껏 한 번도 없단다."

분홍색 신발을 신은 공주가 아주 쾌활하게 말했다.

"그렇군요!"

아우구스트는 완전히 이해하지는 못했지만 겸손하게 대답했다. 그러고는 히르슈포겔을 바라보았다. 이 난로는 분명히 고귀한 영혼을 가지고 있을 거야. 그런데 왜 깨어나서 말을 안 하지? 아! 얼마나 '불의 왕'의 목소리를 듣고 싶었는지 모른다! 아우구스트는 이런 생각에 빠져서 자신이 공주 옆에 서 있다는 것도 잊어버렸다. 공주는 1746년 마이센 상표가 붙은 금색과 하얀색의 도자기 받침대에 앉아 있었다.

"어른이 되면 무엇이 될 거야? 도자기 공방에서 일할 거야? 나를 만든 명장 켄들러처럼?"

조그마한 공주가 까만 눈을 굴리며 붉은 입술로 미소를 띤 채 날카롭게 물었다.

"생각해본 적 없어요. 적어도, 내가 바라는 것은, 난 화가가 되고 싶어요. 뉘른베르크의 명장 아우구스틴 히르슈포겔처럼요."

아우구스트가 더듬거리며 말했다.

"브라보!"

살아 있는 모든 골동품들이 한목소리로 외쳤다.

"훌륭하군!"

이탈리아의 양날 검도 싸움을 멈추고 외쳤다.

온 유럽에서 그 거장의 이름을 모르는 골동품은 거의 없었다.

많은 갈채를 받자 기분이 좋아진 아우구스트는 뿌듯하면서도 쑥스러워서 작센 공주의 신발처럼 얼굴이 점점 빨개졌다.

"난 히르슈포겔 집안사람들을 모두 알고 있어. 파이트부터 그 후손까지. 난 뉘른베르크 출신이거든."

플랜더스의 뚱뚱한 사기 맥주병이 말했다.

맥주병은 은으로 된 모자, 아니 뚜껑을 벗고 히르슈포겔을 향해 아주 공손하게 인사했다. 뻣뻣한 관리들한테 배운 것 같지 않게 자세가 우아했다. 하지만 난로는 입을 다물고 있었다. 아우구스트의 마음속에 의심이 싹터서 속이 메스꺼웠다. (사랑하는 존재를 의심해야 한다면 얼마나 가슴이 아플까?) 설마 히르슈포겔이 가짜인 것일까?

"싫어, 싫어, 싫어, 싫다고!"

아이는 혼잣말로 크게 말했다.

히르슈포겔은 꿈쩍도 하지 않았고, 한마디 말도 없었지만 아이는 믿음을 지키려고 했다! 함께 행복한 시절을 보냈고, 따뜻하고 즐거웠던 모든 밤을 그 난로에 빚졌으며, 아기 때부터 금박을 입힌 사자 모양 발에 입맞춤을 했다. 그랬던 자신의 친구이자 영웅을 의심해야 하는 걸까?

"싫어, 싫어, 싫어, 싫어!"

아이가 또다시 크게 외치자 마이센 아가씨가 고개를 휙 돌려 바라보았다.

"이건 가짜야, 가짜라고. 나를 믿어. 가짜는 영원히 '그런 척'할 뿐이야. 가짜들은 절대로 우리처럼 될 수 없어! 우리 상표를 흉내 내지만, 진짜처럼 될 수는 없는 거야. 혈통을 속일 수는 없어."

공주가 업신여기며 말했다.

"어떻게 속이겠어? 가짜들은 일부러 푸른 녹을 쳐 바르고 녹이 슬도록 비를 맞고 앉아 있지. 하지만 푸른 녹이 끼거나 녹이 슬었다고 해서 고풍스런 색이 나오는 것은 아니야. 오직 시간만이 그 색을 줄 수 있어!"

피셔*의 청동상이 말했다.

"나의 가짜들은 모두 원색, 눈에 띄는 색을 칠해서 술집 간판처럼 요란하다니까!"

---

* 15세기 무렵 뉘른베르크에서 활동하던 조각이다.

공주가 싫다는 듯 진저리를 치면서 말했다.

"음, 저쪽에 있는 플랜더스의 사기 물병은 나처럼 한스 크라우트의 작품인 척하는 가짜야. 저 물병은 현대 기술 덕에 우리랑 아주 똑같이 보이지만 그래봤자 우리랑은 달라. 얼마나 다른지 보라고! 저 푸른색이 얼마나 조악한지! 검정색 글씨들은 유약 위에다가 쓴 게 분명해! 또 내 곡선을 닮으려고 노력은 했지만, 매끄러우면서 아름다운 내 곡선을 얼마나 과장했는지 기형처럼 되어버렸다니까!"

은 모자를 쓴 물병이 구석에 엎어져 있는 한 물병을 손잡이로 가리키며 말했다.

"저걸 보렴. 사람들은 저것에 내 이름을 붙이고 나와 나란히 두고 팔곤 해. 하지만 봐! 난 필름처럼 순수한 금을 얇게 두드려 펴 바른 가죽이라고. 가장 신실했던 축복받은 페르난도의 치세에 아름다운 코르도바에서 훌륭한 가죽 장인인 디에고 디 라스 고르기아스가 아주 정직하게 만든 물건이지. 하지만 저것의 금박은 한 겹만 금이고 나머지 열한 겹은 죄다 황동이나 허섭스레기로 되어 있어. 게다가 붓으로 금박을 칠했다니까, 붓으로! 하! 저건 아마 몇 년 지나지 않아 검댕처럼 새까매질 거야. 반면에 난 처음 만들었을 때와 마찬가지로 반짝반짝 빛난다고. 내가 태어난 코르도바가 이교도들에게 불에 타버린 것처럼, 불에 타지만 않는다면 나는 영원히 빛날 거야."

금박을 입힌 코르도바 가죽이 테이블 위에 펼쳐진 넓은 금박 가

죽을 경멸스럽게 바라보며 말했다.

"사람들은 무른 배나무를 조각해 갈색으로 물들여놓고 그걸 나라고 부른다니까!"

오래된 참나무 서랍장이 낄낄대며 말했다.

"그건 그래도 약과야. 오늘 갓 칠해서 아직 물감도 안 마른 컵에다가 내 이름을 붙이는 것처럼 품격이 떨어지는 일도 없을걸!"

색이 좀 바랬지만 아직 보석처럼 화려한 카를 테오도르의 컵이 말했다.

"흔한 싸구려가 내 흉내를 내는 것보다 더 짜증나는 일은 없지!"

분홍색 구두를 신은 공주님이 끼어들었다.

"비록 성경에서 따온 말이기는 하지만 모조품들은 내 격언까지 다 따라 적는다니까."

레겐스부르크의 장례용 흑백 항아리도 말했다.

"글쎄, 내 점까지도 평범하기 그지없는 영국 도자기에 그려 넣는다니까!"

조그만 님펜부르크의 하얀 아가씨도 한숨을 쉬며 말했다.

"사람들은 수백 수천 개의 흔해빠진 도자기 접시에 내 이름을 붙여서 판다니까. 내 전설과 성스러운 이름들을 오늘날의 그 엉터리 가마에서 구워내다니. 이건 신성모독이야!"

구비노*의 튼튼한 접시가 말했다. 그 접시는 태어나던 해에 도예

---

* 이탈리아의 도시 이름이다.

의 거장 조르조의 얼굴을 보았었다.

"그래서 이런 골동품 가게가 아주 끔찍한 거야. 이런 가게에서는 수준 낮은 가짜들과 함께 뒤섞여 있어야 하거든. 루브르나 사우스 켄싱턴의 유리 아래가 아니라면 오늘날 안전한 곳은 없을 거야."

마이센 공주가 말했다.

"심지어 가짜가 박물관에 있기도 하지. 내 친구 블라시우스 토기에게 아주 끔찍한 일이 있었지. 블라시우스 토기는 1560년부터 생산된 건 알 거야. 그런데 그 친구가 한 박물관 유리 진열장에 놓였는데, 바로 옆에 엊그저께 프랑크푸르트에서 구워진 자기 모조품이 있더래. 친구를 판 장사꾼이 씩 웃으며 친구한테 뭐라고 했을까? 내 친구를 '점토 양반'이라고 부르면서 이렇게 말했대. '자네와 모조품을 팔면서 똑같은 수수료를 챙겼지. 나에겐 수수료가 중요해. 어차피 세금은 이런 데 쓰라고 있는 거 아니겠어!' 하지만 그 끔찍한 모조품은 얼마 못 가서 금이 가고 말았대. 모든 것에는 신의 섭리가 있는 법이지. 하물며 박물관에서도."

플랜더스의 사기 물병이 한숨을 쉬며 말했다.

"신의 섭리가 있다면 그런 일은 미리 막았어야지. 그래야 세금이라도 아끼지."

분홍 구두를 신은 작은 마이센 아가씨가 말했다.

"어쨌든, 그 모든 게 무슨 소용이야? 세상의 모든 가짜들이 아무리 그런 척해도 우리처럼 될 수 없는데!"

네덜란드 하를렘의 물병이 말했다.

"아무튼 난 품격 떨어지는 건 싫어."

마이센 아가씨가 화가 나서 대꾸했다.

"나를 만든 크라베티예*는 가짜 문제로 골치 아파하지 않았어. 거의 300년 전에 크라베티예는 나를 부엌에서 쓰도록 만들었지. 밝고 깨끗하고 눈처럼 하얀 네덜란드의 부엌 말이야. 지금 나는 박물관에나 어울리겠지만, 사실 난 가정집에 있고 싶어. 그래. 순박한 네덜란드 아낙네와 빛나는 운하, 소들이 드문드문 있는 드넓은 초원을 보고 싶어."

하를렘의 물병이 자랑스럽게 말했다.

"오! 우릴 만든 사람에게 다시 돌아갈 수만 있다면!"

구비오 접시가 장인 조르조 안드레올리와 찬란하고 품위 있던 르네상스 시대를 떠올리며 한숨을 쉬면서 말했다. 접시의 그 말에 춤추던 물병과 빙글빙글 돌던 찻주전자, 장난치면서 카드놀이를 하던 의자의 마음이 흔들렸다. 자신들을 만든, 이제는 죽고 없는 예술가들을 생각하며 바이올린은 즐거운 음악을 멈추고 흐느꼈으며, 소형 피아노는 한숨을 쉬었다.

조그만 작센 푸들도 영원히 잃어버린 주인을 생각하며 울부짖었다. 오로지 검들만 계속해서 싸워댔고 쨍쨍대는 시끄러운 소리에 일본 청동상은 그리핀을 타고 달려가 검들을 들이받아버렸다. 울고 있던 작은 님펜부르크 아가씨는 벌렁 자빠진 바보 같은 검들

---

* 네덜란드의 화가 얀 아셀리진을 가리킨다. 부자유스러운 왼손 때문에 '게'를 뜻하는 '크라베티예'라고 불렸다.

을 보고, 미소를 짓다가 하마터면 웃음을 터트릴 뻔했다.

그때 커다란 난로가 서 있는 곳에서 엄숙한 목소리가 흘러나왔다.

모든 눈길이 히르슈포겔에게 쏠렸다. 작은 인간 친구의 심장은 기뻐서 쿵쾅쿵쾅 뛰었다.

뉘른베르크에서 만들어진 파이앙스 도자기 난로의 위쪽 작은 탑에서 맑은 목소리가 흘러나왔다.

"나의 친구들. 그대들이 하는 이야기를 모두 들었네. 인간들은 너무 말이 많아. 그중 어떤 이들은 수다쟁이라고 불리기도 하지. 우리는 인간처럼 되지 말자. 인간들은 허세를 부리고 어리석은 분노를 표출하고, 쓸데없이 말을 되풀이하고, 노골적으로 언쟁하면서 상스럽게 입을 놀리지. 그리고 그것들 때문에 아주 많은 말과 귀중한 목숨과 시간을 낭비하는 걸 수없이 보았네. 그래서 나는 말을 저주로 여기게 되었다네. 말은 인간을 나약하게 하고, 인간이 하는 모든 일에 독을 집어넣지. 그래서 난 200년 동안 입을 연 적이 없소. 들어보니 당신들도 말이 없는 편은 아니구려. 내가 지금 입을 연 이유는 당신들 중 하나가 한 아름다운 말이 내 마음을 울렸기 때문이오. 우리를 만든 사람에게 돌아갈 수만 있다면! 오, 그래요! 만약 그럴 수만 있다면! 인간이 진실한 존재였던 시절에는 진심을 담은 손으로 우리를 만들었지요. 그래서 우리도 진짜가 될 수 있었소. 장인들은 경건하고 진실한 마음으로 믿음을 가지려고 노력하면서 우리를 만들었고, 그래서 옛 시절의 자손인 우리가 가치 있는 겁니다. 장인들은 우리를 시장에 내다 팔아서 이득을 얻으려고 만들지는 않았습니다. 다만 고귀하고 정직하게 예술과 신의 영광을 위해 만들었지요. 여러분들 사이에 나를 사랑하는 조그마한 아이가 서 있는 게 보이는군요. 저 조그만 아이는 무지하지만 아이다운 방식으로 예술을 사랑합니다. 저 아이가 오늘 밤 내가 한 말을 영원히 기억해주길 바랍니다.

우리가 만들어졌던 그때 그대로 우리를 봐야 한다는 사실을 저 아이가 기억해주기를 바랍니다. 세상의 눈으로 볼 때 우리가 귀중한 이유는 몇백 년 전에 가짜를 비웃고 모조품을 증오하는 장인들이 한결같은 마음으로 우리를 만들었기 때문입니다. 그 순수한 손길로 만들었기 때문이라는 사실을 기억해주기를 바랍니다. 나를 만든 장인 아우구스틴 히르슈포겔이 생각나는군요. 그는 현명하고 오점 없는 인생을 살았고 성실과 사랑으로 일했습니다. 그리고 햇빛이 비출 때면 신성한 이야기를 들려주는, 그가 만든 풍부한 색채의 성당 창문처럼 아름다운 인생을 살았지요. 오, 그래요, 나의 친구들이여, 우리를 만들어준 명장에게 돌아갑시다! 그것이 우리 앞에 놓인 최선의 길입니다. 하지만 장인들은 가버렸어요. 장인들이 만든 우리가, 잘 깨지는 우리가 그들보다 더 오래 살았지요. 수많은 세월 동안 나는 황제들 곁에도 있어봤고, 소박한 집에서 3대째 머물며 춥고 배고픈 어린아이들이 따뜻한 겨울을 날 수 있게도 했지요. 내가 아이들의 몸을 녹여주면, 그들은 배고픔을 잊었고, 웃으며 이야기하다가 결국엔 내 발치에서 잠들었지요. 그러다 나를 만든 장인이 내게 바란 것은 '이거였구나!' 하고 겸손하게 깨달았습니다. 나는 만족스러웠지요. 때때로 지친 여인이 슬며시 다가와서 내가 곁에 있다는 이유만으로 웃어주기도 했고, 팔에 안긴 아기에게 나의 황금 왕관이나 붉은 열매를 가리켜 보이기도 했지요. 그편이 거대한 도시의 춥고 텅 빈 웅장한 홀에 서 있는 것보다 백배는 나았지요. 똑똑한 사람들이 와서 찬찬히 뜯어보고, 바보 같은 군중들이 입을 쩍 벌리고 칭찬을 늘어놓으며 지나가는 것보다 좋았지요.

이제 내가 어디로 가게 될지 나도 잘 모릅니다. 하지만 나를 사랑해주던 그 초라한 집을 떠난 후로 슬프고 외롭군요. 사람들은 참 빨리도 지나갑니다. 인간의 삶은 순식간에 지나가죠! 오직 우리만 남아 있어요. 인간들이 만든 우리들만이. 우리는 인간이 스쳐 지나갈 때 그들을 살피서 축복해주는 것 말고 할 수 있는 일이 없습니다. 우리가 인간을 축복해주면 우리를 만든 장인들의 바람을 이루어준 셈입니다. 그런 식으로 죽은 장인들이 우리 안에서 이야기하고 살아 있는 건지도 모릅니다."

그런 다음 난로의 목소리는 침묵 속으로 잦아들었다. 커다란 난로에서 나오던 이상한 금빛도 희미해졌고 은촛대의 불빛도 역시 사그라졌다. 다정하고 애처로운 노랫가락이 포근하게 방 안을 가득 채웠다. 빛바랜 장미가 그려진 오래된 소형 피아노에서 나는 소리였다.

지난 시절의 한숨 같은 슬픈 음악도 사라졌다. 도시의 시계는 새벽 6시를 알렸다. 바이에른 숲 위로 해가 떠오르고 있었다. 아우구스트는 흠칫 놀라 잠에서 깼다. 아이는 가게의 맨 바닥에 누워 있었고, 주변의 골동품들은 거짓말처럼 미동도 없었다. 마이센의 예쁜 아가씨는 도자기 받침대 위에서 가만히 있었고 작은 작센 푸들도 그 옆에 얌전히 있었다.

아우구스트는 천천히 몸을 일으켰다. 몹시 추웠고 뱃가죽이 등에 달라붙을 지경이었지만 자신이 본 놀라운 광경과 이야기에 사로잡혀 추위와 허기가 느껴지지 않았다.

주변이 온통 깜깜했다. 아직 자정일까? 아니면 아침이 왔을까? 분명히 아침이었다. 덧창이 내려진 창문 틈으로 울새가 우는 소리가 가늘게 들려왔다.

저벅저벅 계단을 오르는 무거운 발걸음 소리가 들렸다. 아이가 허겁지겁 커다란 난로 안으로 들어가자마자 문이 열리고 두 장사꾼이 촛불로 앞을 밝히며 들어왔다.

아우구스트는 추위와 배고픔을 느끼지 못했고, 자신에게 닥친 위험도 거의 느끼지 못했다. 마치 강하고 다정한 팔이 아이를 감싸 안아서 위로 들어 올려주는 것처럼 용기가 샘솟았고 안전하고 행복한 기분이 들었다. 히르슈포겔이 나를 지켜줄 것이다.

장사꾼들은 덧문을 열고 붉은 가슴을 한 울새를 겁줘서 쫓아버린 다음, 묵직한 부츠를 신고 쿵쿵 걸어 다녔다. 그들은 만족한 어조로 떠들면서 난로를 다시 한번 짚과 밧줄로 싸기 시작했다.

장사꾼들은 안을 들여다보지 않았다. 난로의 겉모습이 눈부시게 아름다워서 샀고, 그래서 다시 팔게 되었는데 뭐 하러 굳이 안을 들여다보겠는가?

아우구스트는 여전히 무섭지 않았다. 날아갈 것 같은 기쁨이 아이를 감쌌다. 마치 수호천사의 비호를 받는 것 같았다.

이제 두 장사꾼은 짐꾼을 불렀다. 마치 병든 왕자가 먼 길을 떠나는 것처럼 여섯 명의 건장한 바이에른 사내들은 난로를 곱게 싼 다음, 어깨에 짊어지고 계단을 내려가서 마리엔 광장으로 갔다. 살을 에는 듯한 한겨울 뮌헨의 새벽 공기가 겹겹이 싸인 난로 사이사이로 매섭게 파고들었다. 짐꾼들이 난로를 아주 조심조심 움직여서 아우구스트는 큰형의 팔에 안겨 세게 흔들릴 때보다 오히려 더 편안했다.

배고프고 목이 말랐지만 아우구스트는 아직 정신이 한껏 고조되어 있어서, 마치 아편에 취한 것처럼 모든 육체적인 고통을 느끼지 못했다. 히르슈포겔의 목소리를 들은 것이다. 그걸로 충분했다.

건장한 사내 여섯 명은 뉘른베르크의 '불의 성'을 까무잡잡한 어깨에 짊어지고 저벅저벅 뮌헨을 가로질러 기차역으로 갔다. 아우구스트는 어둠 속에서 쿵쿵거리고 으르렁거리며 쉭쉭거리는 기차역의 소리를 다 알아들었다. 아이는 용기가 샘솟고 흥분한 상태였지만 이런 생각이 들었다

'또 긴 여행을 하게 되는 걸까?'

배가 이상하게 쑥 가라앉는 느낌이었고, 눈에서 별이 보이고 물속에 있는 듯이 행동이 굼떠졌다. 만약 또 긴 여행을 한다면, 여행

이 끝나기 전에 죽거나 어떤 다른 나쁜 일이 생겨서 히르슈포겔을 혼자 남겨둘 것만 같아 두려웠다. 아이는 그 생각만 하고 있었다. 자기 자신에 대해서도 아니고 도로테아 누나 생각도 아니고 고향에 있는 집 생각도 아니었다. 아우구스트는 어찌나 긴장했는지 오히려 용기가 충만했고, 뒤를 돌아보지 않았다.

이 여행이 긴 여행이 될지 짧은 여행이 될지, 기쁜 여행이 될지 슬픈 여행이 될지 몰랐지만 아우구스트가 들어 있는 난로는 다시 한번 들어 올려져서 커다란 화물칸에 실렸다. 하지만 이번에는 혼자가 아니었다. 장사꾼 두 명과 여섯 명의 짐꾼이 같이 탔다.

아우구스트는 어둠 속에 있었지만 목소리만으로 알 수 있었다. 열차는 바이에른 평원을 가로질러 남쪽으로 미끄러져 갔다. 장사꾼과 짐꾼들이 '베르크'니 '뷔름제'니 하는 말을 했지만, 아이는 그들의 억양을 알아듣기 어려웠고 그 단어들이 무엇을 뜻하는지 몰랐다.

기차는 칙칙폭폭 으르렁대며 연기를 뿜어댔다. 역겨운 기름 냄새를 풍겼고 석탄을 태우며 계속 굴러갔다. 밤새도록 내리던 눈이 여전히 그치지 않고 내렸고, 기차는 엉금엉금 기어갔다.

한 장사꾼이 다른 장사꾼에게 툴툴거렸다.

"그분이 도시로 나올 때까지 기다릴 걸 그랬네. 이런 날씨에 베르크라니!"

베르크에 있다는 그분은 도대체 누구일까? 아우구스트는 전혀 알 수가 없었다.

장사꾼들은 길의 상태와 날씨에 대해 또 불평했지만 내심 기분이 좋은지 즐거워했다. 그들은 자주 웃고, 욕을 할 때도 기분 좋게 했다. 그리고 짐꾼들에게 근사한 새해 선물을 주겠다고 약속도 했다. 인 강 골짜기의 첩첩산중에서 자랐지만 영리한 아우구스트는 장사꾼들이 기분 좋은 이유가 돈 때문이라는 것을 알았다. 그래서 더욱 가슴이 아팠다.

"저들은 큰돈을 받고 히르슈포겔을 판 거야. 벌써 난로를 팔았어!"

아이의 심장이 욱신욱신 아파왔다. 그리고 음식도, 물도 못 먹어서 자신이 곧 죽을 거라는 것을 알고 있었다. 게다가 위대한 '불의 왕' 새 주인이 아우구스트가 난로에서 살게 허락해줄 리가 없었다.

'괜찮아. 이대로면 어차피 난 죽을 거니까. 히르슈포겔이 알아주겠지.'

아이는 생각했다.

어쩌면 아주 바보 같은 아이라고 생각할지도 모르겠지만, 충직한 마음으로 마지막을 견딜 준비가 되어 있다는 것은 훌륭한 일이다.

뮌헨에서 슈타른베르크 호수*가 있는 뷔름제까지 기차로 보통 1시간 15분가량 걸렸다. 하지만 이날 아침의 여행은 눈이 발목을 잡아 평소보다 많이 느렸다. 기차는 포센호펜 역에서 멈췄고, 뉘

---

* 독일 바이에른 주의 남부에 위치한 호수로 독일에서 네 번째로 큰 호수이다.

른베르크의 난로는 다시 한번 밖으로 실려 나갔다. 짐꾼들이 호수를 향해 난로를 똑바로 세워놓아서 아우구스트는 놋쇠 장식 문 사이로 뷔름제를 힐끔 볼 수 있었다. 그곳은 차분하고 고요하고 폭이 넓은 호수로, 나무가 우거진 나지막한 둑으로 둘러싸여 있었고 저 멀리로 산이 보였다. 평온으로 가득 찬 평화롭고 고요한 장소였다.

이제 거의 10시였다. 구름 사이로 태양이 나와 맑은 잿빛 하늘이 보였다. 눈도 그쳤다. 다만 물가에는 머지않아 얼음으로 바뀔 하얗고 보드라운 눈이 사방에 펼쳐져 있었다.

아우구스트가 매끄러운 초록 호수를 더 자세히 보려고 할 때 짐꾼들이 다시 난로를 들어 기다리고 있던 커다란 바지선에 올렸다. 바지선은 여자들이 빨래터로 쓰고 남자들이 목재를 나를 때 쓰는 아주 길고 커다란 배였다. 짐꾼들은 시간과 정성을 들여 어렵사리 난로를 배에 실었다. 오르락내리락하는 배를 탄 아우구스트는 속이 울렁거리고 어지러웠지만, 형들이 어릴 적부터 그를 던지면서 놀아주었기에 머리를 아래쪽에 두고도 쉽게 견딜 수 있었다. 난로가 수호자들과 함께 안전하게 배에 오르자, 배는 호수를 가로질러 레오니로 향했다. 바이에른 호숫가의 작은 마을에 어째서 토스카나*식 명칭이 붙었는지 모르겠지만, 어쨌든 그 마을은 레오니라고 불렸다. 커다란 배는 오랜 시간 동안 너비가 5킬로미터 정도 되는 호수를 가로질러갔다. 해안에서 바지선을 밧줄로 연결해놓고 끌

---

* 이탈리아 중부 지방이다.

어당겼지만 바지선은 움직이기 거추장스러울 정도로 무거웠다.

"늦으면 큰일인데! 그분이 11시까지 오라고 했는데."

두 장사꾼은 초조해하며 서로 중얼거렸다.

'그분이 누굴까? 당연히 히르슈포겔을 산 사람이겠지.'

아우구스트는 생각했다.

뷔름제를 가로질러가는 느린 뱃길은 마침내 끝이 났다. 호수는 맑았고 물과 공기에는 고요한 침묵이 흘렀다. 하늘에 눈구름이 잔뜩 떠 있었지만, 태양은 환하게 빛나며 공기 중에 근엄한 침묵을 주고 있었다.

배 여러 척과 작은 증기선 하나가 호수 위를 오르락내리락하고 있었다. 깨끗하고 차가운 햇빛 안에서 저 멀리 알프스 산맥이 보였다. 망토를 쓰고 털옷을 입은 시장 사람들이 배와 둑 위를 왔다 갔다 했다. 해안에는 검은색과 회색, 갈색이 뒤섞인 깊은 숲이 있었다. 불쌍한 아우구스트는 이 즐거운 풍경을 전혀 볼 수 없었다. 지금 난로가 누워 있는 곳에서는 커다랗고 오래된 배의 벌레 먹은 나무판자만 보였다.

드디어 배는 레오니 부두에 닿았다.

건장하고 힘세 보이는 짐꾼이 불평하며 성질을 내자 장사꾼이 말했다.

"이제 여러분, 3킬로미터 정도 남았소! 사례금으로 크리스마스에는 진탕 술을 마실 수 있을 거요."

거창한 약속에 고무된 짐꾼들은 시무룩하게 뉘른베르크 난로를 어깨에 얹었다. 터무니없이 무거운 난로의 무게에 또 툴툴댔지만, 난로 안에서 어린아이가 가쁜 숨을 몰아쉬고 있을 줄을 꿈에도 생각하지 못했다. 아우구스트는 히르슈포겔의 새 주인을 만날 생각에 떨기 시작했다.

'만약 새 주인이 친절하고 좋은 사람이라면 난로와 함께 살게 해달라고 부탁해야지.'

아우구스트는 생각했다.

짐꾼들은 부두를 떠나 고생스러운 여행을 시작했다. 놋쇠 장식이 머리 위에 있어서 아이는 아무것도 볼 수 없었다. 놋쇠 문틈으로 티 없는 잿빛 하늘이 살짝살짝 보였다. 아우구스트는 몸이 뒤로 기울어져 있었다. 하지만 아이는 빙하의 갈라진 틈에서 머리를 거꾸로 매달고 놀았고, 사냥꾼과 산의 안내인, 도시의 제염소 일꾼들에게 거친 대접을 받는 것에 익숙한 산에서 자랐다. 그래서 여기저기 멍들고 흔들리고, 자세도 자주 바꿔야 했지만 그리 아프거나 힘들지 않았다.

짐꾼들이 가야 할 길은 채 3킬로미터도 안 되었지만, 눈으로 뒤덮인 길은 험했고 어깨에 진 짐은 여전히 무거웠다. 장사꾼들은 걸음걸음마다 계속해서 짐꾼들을 격려했다가, 욕했다가, 칭찬했다. 드디어 시계가 11시를 쳤다. 장사꾼들은 짐꾼들에게 간청도 하고 멋진 약속도 반복했다. 목적지에 도착하기로 약속한 시간인 11시가 넘었기에 날씨가 아주 추웠지만 걸을 때마다 이마에서 식은땀이 흘러내렸다. 장사꾼들은 늦을까 봐 아주 두려워했다. 하지만 짐꾼들은 원래 속도보다 조금도 서둘러 가려고 하지 않았다. 짐꾼들은 네 발 달린 짐승이 아니었기에 채찍을 휘두르고 싶어도 그럴 수가 없었다.

초조한 장사꾼들에게도, 터벅터벅 걸어가는 짐꾼들에게도, 짐꾼의 걸음걸음마다 오르락내리락하는 난로 안의 작은 사내아이에게도 길은 끔찍하게 길었다.

아우구스트는 그들이 어디로 가는지 도무지 알 수가 없었다. 한참 후에 놋쇠 장식 사이로 신선하고 차디찬 바람이 얼굴로 불어왔다. 아마도 난로를 지고 있는 짐꾼들이 언덕이나 계단을 오르는 것 같았다. 잠시 후 여러 사람의 목소리가 한꺼번에 들렸다. 하지만 아우구스트는 뭐라고 하는지 알아들을 수가 없었다. 짐꾼들이 한동안 멈춰 있다가 다시 움직이는 게 느껴졌다. 짐꾼들의 걸음이 부드러워져서 '카펫 위를 걷고 있구나', '따뜻한 공기가 흘러들어오는 걸 보니 난방이 되는 실내로 들어왔구나' 하고 생각했다. 아주 배고프고 목이 말라서 텅 빈 뱃가죽이 등에 붙는 것 같았지만, 영리한 아이는 그 정도는 충분히 생각할 수 있었다. 짐꾼들이 오랫동안 계속 걸은 것으로 봐서 아주 많은 방을 지나왔다고 생각했다. 마침내 난로가 자리를 잡아서 다행히 발을 아래로 내려놓을 수 있었다.

아우구스트는 인스부르크에서 봤던 것 같은 박물관에 온 것이 아닐까 생각했다. 숨죽여 말하는 소리가 들렸다. 발걸음 소리가 점점 멀어졌고 히르슈포겔과 함께 홀로 남겨졌다. 아우구스트는 감히 아궁이를 열고 밖을 볼 수가 없었다. 그래도 놋쇠 장식 틈으로 살짝 내다보았다. 머리에 황금 왕관을 얹은 상아를 조각한 커다랗고 하얀 사자 머리가 보였다. 사자 머리는 벨벳 팔걸이의자의 장식품이었는데 아이에게 의자는 보이지 않고 단지 상아 사자만 보였다.

공기 중에 향기로운 냄새가 떠돌았다. 꽃향기였다.

아우구스트는 생각했다.

"어떻게 12월에 꽃이 있을까?"

까마득히 저 멀리서 소형 피아노의 음악처럼 달콤하고, 천사들의 합창처럼 음색이 풍부하며 꿈결같이 아름다운 음악이 흘러왔다. 아우구스트는 히르슈포겔의 말을 떠올리며 '이곳이 박물관이 아니라 천국인 걸까' 하고 생각했다.

"우리가 장인에게 돌아온 걸까?"

주변은 아주 고요했다. 멀리서 들려오는 합창 소리 말고 아무 소리도 들리지 않았다.

아우구스트는 전혀 몰랐지만 그는 지금 베르크의 왕실에 와 있었고, 멀리 떨어진 방에서 흘러나오는 바그너의 〈파르지팔〉 중 한 악장을 듣고 있었다.

그때 근처에서 가벼운 발걸음 소리가 나더니, 바로 뒤에서 낮은 목소리로 "역시!"라는 외침이 들렸다. 히르슈포겔의 아름다움을 인정하고 놀라는 감탄사가 틀림없었다.

한참 후에 같은 목소리가 다시 말했다. 아우구스트는 새로운 사람이 놀라운 불꽃 탑을 자세히 관찰한 후에 말하는 것이 틀림없다고 생각했다.

"잘 샀군. 굉장히 아름다워! 의심할 여지없이 아우구스틴 히르슈포겔의 작품이야."

그런 다음 그 사람은 놋쇠 문의 손잡이를 돌렸다. 안에서 떨고 있던 불쌍한 작은 영혼은 두려워서 어쩔 줄을 몰랐다.

손잡이가 돌아가고 아궁이가 천천히 열렸다. 누군가가 몸을 숙여 안을 들여다보았다.

난로의 아름다움을 칭찬했던 아까 그 목소리가 크게 놀라서 외쳤다.

"이 안에 있는 게 무어냐? 살아 있는 아이 아닌가!"

그때 아우구스트는 자제력을 잃을 만큼 잔뜩 겁을 집어먹은 데다 한 가지 생각에 몰두해 있었다. 그는 난로에서 나와 그 사람의 발밑에 몸을 던졌다.

"오, 선생님, 여기 있게 해주세요! 부탁합니다. 존경하는 선생님, 제발 여기 있게 해주세요! 저는 히르슈포겔과 함께 여기로 왔어요!"

아이가 울먹이며 말했다.

몇몇 신사들이 전혀 신사적이지 않게 아우구스트를 잡아 올렸다. 그러고는 성난 목소리로 귀에다 대고 속삭였다.

"못된 녀석! 조용히 해! 입 다물어! 이분은 왕이시다!"

그들은 마치 아우구스트가 독이 있는 위험한 짐승이고 사람들을 해치러 온 것처럼 끌어내렸다. 하지만 난로 안에서 들었던 목소리가 친절하게 말했다.

"불쌍한 것! 아주 어린아이로구나. 아이를 놔줘라. 무슨 말을 하는지 들어보자꾸나."

왕의 말은 신하에게 법이었다. 그래서 몹시 놀라고 화가 났던 신하들은 하는 수 없이 아우구스트를 잡았던 손을 풀었다. 아우구스트는 낡은 양가죽 코트를 입고 흙이 잔뜩 묻은 부츠를 신었으며 곱슬머리는 산발을 한 채였다. 아이는 그렇게 꿈에서도 본 적 없는 아주 아름다운 방에서, 잘생긴 구릿빛 얼굴에 꿈과 열정이 가득한 눈을 한 젊은 남자 앞에 섰다.

"아이야, 어쩌다 난로 안에 숨어서 여기까지 오게 되었느냐? 두려워하지 말거라. 진실을 말해보거라. 나는 왕이니라."

젊은 남자가 아이에게 말했다.

아우구스트는 본능적인 존경심에 색 바랜 금장 장식이 달린 낡고 커다란 검정 모자를 벗어서 바닥에 두고, 작고 까무잡잡한 두 손을 맞잡고 애원했다. 히르슈포겔에 대한 아우구스트의 사랑은 절절했고, 그래서 부끄러운 것도 몰랐다. 아우구스트는 히르슈포겔에 대한 사랑 때문에 들떠서 왕의 위엄도 전혀 두렵지 않았다. 단지 그분이 왕이어서 아주, 아주 기뻤다. 왕은 항상 자비로우니까. 왕을 사랑하는 티롤 사람들은 그렇게 생각했다.

"오, 왕이시여! 히르슈포겔은 우리 집 거였어요. 우리는 살아오는 내내 이 난로를 사랑했어요. 하지만 아버지가 파셨어요. 난로가 진짜로 우리 집을 떠나는 것을 보면서 저는 스스로에게 이렇게 말했어요. '난로를 따라가자고.' 저는 오는 내내 난로 안에 숨어서 여기까지 왔어요. 지난밤에는 난로가 아름다운 말을 해주었어요. 간청하옵건대 저를 난로와 함께 살게 해주세요. 저는 매일 아침 난로와 폐하를 위해 나무를 해오겠어요. 저를 난로 옆에 살게만 해주신다면요. 제가 나무를 해올 만큼 자란 뒤로는 항상 제가 난로에 땔감을 넣었어요. 그리고 난로는 절 사랑해요. 정말이에요. 지난밤에 그렇게 말해줬어요. 그리고 난로는 그 어떤 왕궁에 있는 것보다 우리와 함께 있는 게 더 행복하다고 했어요."

아우구스트가 떨면서 작고 희미한 목소리로 간청했다. 잠시 후 숨이 차서 말을 멈춘 아우구스트는 간절함을 담은 작고 창백한 얼굴로 젊은 왕을 바라봤다. 아이의 뺨에 굵은 눈물이 흐르고 있었다.

왕은 시적이고 흔치않은 일을 좋아하는 사람이었다. 아이의 얼굴에는 왕을 흐뭇하게 하고 가슴 뭉클하게 하는 구석이 있었다. 왕은 신하에게 아이를 놔두라고 손짓했다.

"이름이 무어냐?"

왕이 물어보았다.

"저는 아우구스트 슈트렐라예요. 제 아버지는 카를 슈트렐라입니다. 우리는 인 강 골짜기의 할에 살아요. 히르슈포겔은 오랫동안 우리 집에 있었고 우리 거예요. 아주 오랫동안이오!"

아우구스트는 터져 나오는 울음을 참으려 입술을 일그러트리며 말했다.

"티롤에서 여기까지 오면서 계속 난로 안에 숨어 있었다는 게 정말이냐?"

"네, 폐하가 들여다보기 전까지 아무도 안을 들여다보려고 하지 않았어요."

아우구스트가 말했다.

왕이 웃음을 터트렸다. 그러다가 불쑥 어떤 생각이 떠올라 아이에게 물어보았다.

"누가 그 난로를 네 아버지에게서 샀느냐?"

"뮌헨의 장사꾼이오."

보통 사람들에게 말하듯이 왕에게 말하면 안 된다는 것을 아우구스트는 알지 못했다. 아이의 작은 머리에는 한 가지 생각만 어지럽게 소용돌이 치고 있었다.

"그들이 네 아버지에게 얼마를 줬는지 알고 있느냐?"

왕이 물었다.

"200플로린을 받았어요. 그 정도면 큰돈이에요. 아버지는 아주 가난하고 자식도 많거든요."

아우구스트가 부끄러워서 한숨을 푹 쉬며 말했다.

"뮌헨의 장사꾼이 난로와 함께 왔느냐?"

왕이 기다리고 있는 신하에게 물었다.

신하가 그렇다고 대답했다. 왕은 신하들에게 장사꾼들을 찾아서 데려오라고 일렀다. 시종들이 장사꾼들을 찾으러 간 사이, 왕은 아우구스트를 측은한 눈빛으로 쳐다보았다.

"얼굴이 창백하구나, 아이야. 마지막으로 식사를 한 게 언제였느냐?"

"빵과 소시지를 갖고 난로에 들어갔어요. 어제 오후에 그걸 다 먹었어요."

"뭘 좀 먹겠느냐?"

"물을 조금 주시면 고맙겠습니다. 목이 아주 마르거든요."

왕은 물과 와인, 케이크를 가져다주었다. 아우구스트는 허겁지겁 물을 마셨지만 케이크는 삼킬 수가 없었다. 마음이 아주 혼란스러웠기 때문이다.

"히르슈포겔과 함께 있어도 될까요? 그래도 돼요?"

아우구스트는 몹시 흥분해서 불안해하며 물었다.

"잠시만 기다려라."

왕이 불쑥 물었다.

"그래, 어른이 되면 뭐가 되고 싶으냐?"

"화가가 되고 싶어요. 저는 아우구스틴 히르슈포겔처럼 되고 싶어요. 제 말은 그러니까 나의 히르슈포겔을 만든 장인처럼 되고 싶어요."

"알겠다."

왕이 대답했다.

그때 신하들이 장사꾼 두 명을 데려왔다. 아우구스트처럼 순진하거나 무지하지 않은 장사꾼들은 도살장에 끌려들어가는 소처럼 아주 무서워하고 있었다. 그들은 신하에게 티롤에서부터 한 아이가 난로 안에 숨어서 따라왔다는 말을 전해 듣고, 너무 놀라서 무슨 말을 해야 될지 어느 곳을 봐야 할지 모른 채 어안이 벙벙했고 바보처럼 얼이 빠져 있었다.

왕이 장사꾼들에게 물어보았다.

"여기 있는 뉘른베르크 난로를 이 아이의 아버지에게 200플로린에 샀다는 게 맞느냐?"

왕의 목소리는 아이에게 말할 때처럼 부드럽거나 자상하지 않았고 몹시 엄했다.

"그렇습니다, 폐하."

장사꾼들이 떨면서 웅얼거렸다.

"그렇다면 이 뉘른베르크 난로를 구입한 관리는 너희에게 얼마를 줬느냐?"

"2000두카트*입니다, 폐하."

겁에 질린 장사꾼들은 사실대로 털어놓았다. 난로를 산 관리는 그 자리에 없었는데, 그는 예술에 대해 조언을 해주고 종종 왕을 위해 예술품을 구입해주는 신하였다.

왕은 엷은 미소를 지었지만 아무 말도 하지 않았다. 신하는 왕에게 난로의 가격이 12,000두카트라고 했던 것이다.

"아이의 아버지에게 지불한 200플로린을 제외하고 나머지 돈

---

* 화폐 단위로, 금화를 가리킨다.

은 당장 주거라. 참으로 못된 사기꾼들이구나. 더 큰 벌을 받지 않은 것을 감사히 여기거라.”

왕은 부끄러운 짓을 한 장사꾼들에게 호통을 쳤다. 그리고 신하들을 시켜 장사꾼들을 내보낸 뒤, 마리엔 광장의 골동품상에게 가서 부정하게 벌어들인 돈을 되받아오게 했다.

아우구스트는 그 말을 듣고 여전히 비참했지만 눈앞이 환해지는 것을 느꼈다. 아버지에게 2000두카트를 준다니! 이제 아버지는 제염소에서 일하지 않아도 될 거야! 하지만 금화를 받든 은화를 받든 히르슈포겔이 팔린 것은 기정사실이었다. 그래도 왕이 히르슈포겔 옆에서 살게 해주시겠지? 그러시겠지?

“오, 제발 허락해주세요!”

아우구스트가 겨울바람에 튼 작고 까무잡잡한 두 손을 모으고, 젊은 왕 앞에 무릎을 꿇었다. 왕은 고통스러운 생각에 골몰해 있었다. 믿고 있던 신하가 탐욕스럽게 이득을 얻으려고 비열하고 노련하게 자신을 속였다는 사실에 마음이 아팠다.

왕은 아이를 내려다보며 다시 미소를 지었다.

“일어나거라, 아이야. 무릎은 신 앞에서만 꿇거라. 히르슈포겔과 함께 있게 해달라고? 알겠다. 그러도록 하마. 내 궁전에 머물면서 화가에게 그림을 배우거라. 유화를 그리든, 도자기에 그림을 그리든 네가 원하는 걸로 하거라. 대신 훌륭하게 자라서 매년 예술 학교의 월계관을 차지하는 사람이 되어야 한다. 그러면 훌륭하게 잘해낸 상으로, 네가 스물한 살이 될 때 뉘른베르크 난로를 하사하

마. 혹여 내가 죽고 없어도 내 후계자에게 그리하도록 하마. 이제 두려워 말고 이 신하와 함께 가거라. 너는 매일 아침 히르슈포겔에 불을 피워도 좋다. 하지만 나무를 하러 가지 않아도 된다."

왕이 따뜻한 목소리로 말했다. 그런 다음 웃으면서 손을 내밀었다. 신하들은 아우구스트에게 왕에게 절을 하고 손에 입을 맞추라고 눈치를 줬지만 아우구스트는 무슨 소리인지 통 알 수가 없었다. 아우구스트는 그저 행복했다. 양팔로 왕의 무릎을 와락 끌어안고 왕의 발에 열렬히 입 맞추었다. 그런 다음 자신이 어디에 있는지도 잊은 채, 굶주림과 피로, 북받치는 감정에 휩싸여서 정신을 잃었다.

기절해서 눈앞이 캄캄해져올 때 아이는 다시 히르슈포겔의 목소리를 들었다.

"우리를 만들어준 장인 앞에서 가치 있는 사람이 되자!"

아우구스트는 아직 학생이다. 훌륭한 사람이 되어가는 행복한 학생이다. 가끔 아우구스트는 가족들이 있는 할에서 며칠 머물다 오고는 했다. 아버지는 금화를 받아 부자가 되었다. 고향집에는 왕이 도로테아와 에르멘길다에게 선물해준 하얀색 도자기로 된 뮌헨제 난로가 있었다.

아우구스트는 집에 갈 때면 언제나 대성당에 들러서 한겨울에 뉘른베르크 난로와 함께한 이상한 여행을 축복해준 신에게 감사를 드렸다. 그날 밤 골동품 가게에서 꾸었던 꿈을 절대 꿈이라고 생각하지 않았다. 아우구스트는 여전히 그 모든 것을 보고 히르슈포겔의 목소리를 들었다고 생각했다. 누가 틀렸다고 말할 수 있을까? 남들이 보지 못한 것을 보고 남들이 듣지 못하는 것을 듣는 것이 바로 시인과 예술가의 재능이 아닐까?

천진한 동심의 세계가 담아낸
슬프고 가슴 따뜻한 이야기

1872년 출간된 《플랜더스의 개》는 어린 시절 위다가 아버지에게 들은 플랜더스 지방의 구전 이야기에서 영감을 얻었다고 한다. 그녀의 아버지가 플랜더스 지방을 여행하다 '플랜더스의 개'에 대한 이야기를 듣고 그것을 자신의 딸에게 들려주었던 것이다.

이 책 《플랜더스의 개》를 보면 한국인에게도 친숙한 일본 만화 영화 〈플랜더스의 개〉가 떠오른다. 총52회분으로 상당히 오랫동안 방영되었지만 정작 원문 소설은 그리 길지 않다. 만화영화에서는 네로, 아로아로 일본식으로 번역되었지만, 이 책에서는 원문에 충실하게 넬로, 알루아로 번역했다.

그런데 정작 플랜더스 사람들은 파트라슈를 모른다. 그 이유는 《플랜더스의 개》는 위다가 영국에서 영어로 쓴 작품이고, 배경인 벨기에는 프랑스어와 네덜란드어를 쓰는 국가이기 때문이다.

안트베르펜 관광 사무소에서 근무하던 안 코르텔은 일본 관광

객들이 올 때마다 플랜더스의 개를 아느냐는 질문을 받았다. 관광객들의 질문에 궁금증이 생긴 코르텔은 도서관에서 영어로 된《플랜더스의 개》를 읽고 '플랜더스의 개'를 관광 상품화하기로 결심한다.

코르텔은 넬로와 파트라슈의 동상도 세우고 넬로가 살던 마을이 안트베르펜에서 5킬로미터 정도 떨어진 호보켄 마을이라는 것도 알아냈다. 그리고 알루아가 살았음직한 풍차도 복원했다. 일본의 만화영화 〈플랜더스의 개〉도 방영하려고 했지만 나막신이나 두건, 풍차 등이 너무 네덜란드풍이라는 이유로 방송국에서 거절당했다. 외국인들이 우리나라를 중국이나 일본풍으로 그리면 기분이 나쁜 것과 마찬가지 일 듯싶다.

화가를 꿈꾸는 순수한 소년과 개의 아름다운 우정

할아버지와 단둘이 살던 넬로는 어느 날 길가에 버려진 죽기 직전의 개 파트라슈를 구해준다. 파트라슈는 처음으로 충성심이 생겨나고 할아버지와 함께 우유 배달 수레를 끌면서 넬로와 친구가 된다. 어느 날 할아버지는 나이가 들어 관절염 때문에 움직이지 못하게 되고, 어린 넬로가 할아버지를 대신해 우유 배달을 하면서 생계를 꾸려간다. 넬로에게는 소꿉친구 알루아가 있었다. 그런데 어느 날 넬로가 알루아의 초상화를 그리고 있는 것을 본 알루아의 아버지 코제 씨는 가진 것 없는 넬로와 자신의 딸 사이에 사랑의 감정이 싹틀까 봐 둘이 만나는 것을 금지한다.

"그러면 당신이 생각하는 일이 일어난다 해도 크게 문제가 될까요? 알루아는 두 사람이 먹고 살아도 충분할 만큼 유산을 물려받을 거예요. 행복보다 더 중요한 것은 없죠."

아내가 망설이며 물어보았다.

"당신은 여자라서 세상을 몰라. 그 녀석은 무가치한 거지일 뿐이야. 게다가 그림쟁이가 꿈이라니 거지보다 더 하지. 앞으로는 둘이 함께 있지 않게 신경 쓰도록 해. 아니면 내가 알루아를 수녀원에 보내버리겠어."

코제 씨가 담배 파이프를 식탁 위로 거칠게 내려치며 말했다.

여기서 코제 씨가 나쁘다고 탓할 수 있는 사람이 누가 있을까? 부모가 되어보면 가진 것 하나 없으면서 농부가 되어 방앗간을 물려받겠다는 것도 아니고, 화가를 꿈꾸는 남자를 사위 삼고 싶어 하는 사람은 아마 없을 것이다.

넬로는 알루아에게 입 맞추고 단호한 목소리로 속삭였다.

"언젠간 달라질 거야. 알루아. 언젠간 너희 아버지가 가져간 나의 작은 송판이 은만큼의 가치를 가지게 될 거야. 그러면 나리도 더는 내 앞에서 문을 닫아놓지 않을 거야."

현실이 사무치도록 힘든 넬로는 행복한 미래를 상상하며 마음을 달랜다. 하지만 코제 씨는 모든 마을 아이들을 초대한 알루아의 영명축일에 넬로만 쏙 빼놓는다. 이 사실을 안 할아 버지의 가슴은 미어진다.

할아버지는 넬로의 금발 머리를 부드럽게 자기 가슴으로 끌어 당겨 다정하게 안아주었다. 나이가 들어 떨리던 할아버지의 목소 리가 더욱 떨렸다.

"가난해서 어떡하니. 우리 아가. 이렇게 가난해서 어쩔까. 너한 테 너무 가혹하구나."

"아니에요. 전 부자예요."

넬로가 속삭였다.

아마 이 부분에게 눈물이 흐르지 않은 사람은 없을 것 같다. 위 다는 글로 성공하긴 했지만 어린 시절 글을 써서 돈을 벌어 살림 에 보태야 할 만큼 형편이 어려웠기에 가난이 무엇인지 잘 알고 있었다.

그 마을에서 제일가는 부자인 코제 씨는 자신의 방앗간에서 난 불이 넬로의 짓이라고 마을 사람들 앞에서 단정 짓고, 마을 사람들 은 넬로와 말을 섞지 않으려고 한다. 집단의 의견에 동조하는 것이 사람의 본능이고, 집단으로 행동할 때는 죄의식도 사라지기에 집 단의 도덕성을 판단할 수가 없다고 한다. 왕따 당하는 사람을 편들 면 자신도 왕따가 될지도 모른다는 생각이 제일 먼저 들겠지만, 평 소에 권력을 누려보지 못했던 평범한 마을 사람들은 자신보다 못한 넬로를 짓밟으면서 쾌감을 느꼈을지도 모르겠다.

넬로는 안트베르펜 대성당에서 휘장에 가려진 루벤스의 두 그림 '십자가에서 내려지는 그리스도'와 '십자가를 세움'을 보고 싶었지만 은화 한 닢을 마련하지 못해서 볼 수가 없었다.

화가가 되고 싶었던 넬로는 안트베르펜에서 열리는 그림 대회에 참가하기 위해 끼니를 굶으며 조잡한 재료를 준비하고 쓰러진 나무 위에 앉아 있는 미셸 할아버지의 그림을 그린다. 넬로는 그림을 그린다고 아무에게도 말할 수 없었다. 알루아를 만날 수도 없었고 할아버지에게 말을 꺼내면 더욱 걱정하실 뿐이었다.

"우리는 가난하단다. 신이 준 대로 받아들여야 해. 힘들어도 받아들여야지. 가난한 사람은 선택할 수 없단다."

가난한 사람은 선택권이 없다. 일이 적성에 맞지 않는다고 툴툴대면 사람들은 '적성이 어디 있어? 돈이 바로 적성이다'라고 한다. 그렇다. 오늘날에도 돈 많은 사람들이 예술을 한다. 이 소설에 나오는 루벤스조차도 안트베르펜의 부유한 자산가의 아들로서 살아생전에 성공해서 부귀영화를 누리다 죽었다. 또 소설에서 그림 대회의 상도 결국 돈 많은 부두 주인의 아들이 타게 된다. 19세기나 21세기나 사람 사는 것은 비슷한 것 같다. 그래서 아직도 이 소설이 가치 있으며 감동을 주는 것이다.

결국 할아버지마저 돌아가시고, 집세도 못 내서 쫓겨난 넬로는 그날 코제 씨의 전 재산이 든 지갑을 찾아주고 파트라슈만 그 집에 남겨둔 채 떠난다. 개는 열린 문 틈으로 빠져나와 주인을 찾아간다. 알루아의 따뜻한 집 안 풍경과 넬로의 흔적을 따라가는 파트라슈의 춥고 힘겨운 길이 확연히 대비되고 있다.

개는 주인이 가난하든 부자이든, 잘생겼든 못생겼든 간에 따지지 않고 주인이 자신을 사랑해주기만 하면 사람과는 다른 충성을 보여준다. 사람이라면 그렇게 춥고 배고프고, 어차피 밖으로 나갈 수도 없는 상황에서 잠시 몸을 녹이고 허기도 가시게 한 다음에 친구를 찾아가겠지만, 개의 사랑은 그런 것이 아니다. 친구를 찾는 것이 먼저다.

갈 곳 없는 넬로는 안트베르펜의 대성당으로 가서 그토록 보고 싶었던 루벤스의 그림을 보면서 죽어간다. 산타클로스의 이름인 니콜라스의 애칭인 넬로는 결국 크리스마스이브에 눈을 감고 만다. 넬로를 죽인 건 과연 누구일까? 죽던 날 저녁 알루아의 집에 머물게 해달라고 부탁하지 못했던 넬로의 꼿꼿한 자존심이었을까? 아니면 딸을 미래가 불투명한 그림쟁이에게 주고 싶지 않았던 방앗간 주인일까? 아니면 가난한 넬로를 등지고 나 몰라라 했던 마을 사람들일까?

한 소년의 예술을 향한 열정과 꿈

할이라는 옛 정취가 그대로 남아 있는 작은 마을에 아우구스트라는 아이가 살았다. 아우구스트는 열 명의 아이들 중 다섯째였다.

아버지는 무능하고 먹여 살려야 할 입은 많아서 집은 가난했다. 집에는 할아버지가 젊었을 적에 땅에서 파낸 아름다운 난로가 있었는데 아버지는 빚에 시달리다가 적은 돈을 받고 이 난로를 팔고 만다.

아우구스트의 아버지 카를 슈트렐라는 게으르고 무능하고 가난한 형편에 술도 좋아했고 자식은 또 열 명이나 낳았다. 뉘른베르크의 난로는 부자들을 위해 만들어진 사치품이었고, 가난한 집에서는 그 난로를 가지고 있느니 차라리 200플로린의 현금을 택할 수밖에 없었다.

"이건 가짜야. 가짜라고, 나를 믿어. 가짜는 영원히 '그런 척'할 뿐이야. 가짜들은 절대로 우리처럼 될 수 없어! 우리 상표를 흉내 내지만, 진짜처럼 될 수는 없는 거야. 혈통을 속일 수는 없어."

공주가 업신여기며 말했다.

"어떻게 속이겠어? 가짜들은 일부러 푸른 녹을 쳐 바르고 녹이 슬도록 비를 맞고 앉아 있지. 하지만 푸른 녹이 끼거나 녹이 슬었다고 해서 고풍스런 색이 나오는 것은 아니야. 오직 시간만이 그 색을 줄 수 있어!"

피셔의 청동상이 말했다.

"나의 가짜들은 모두 원색, 눈에 띄는 색을 칠해서 술집 간판처럼 요란하다니까!"

공주가 싫다는 듯 진저리를 치면서 말했다.

사람들은 명품에 열광한다. 명품을 구입할 만큼 경제력이 되지 않는 사람들은 모조품, 즉 가짜를 구입하기도 한다. 구입하는 사람이 존재하기에 이런 모조품 시장은 아주 활성화되어 있고 근절할 수도 없다. 중개인들은 수수료를 벌기 위해 가짜를 진짜처럼 속여 팔기도 하고, 심지어 박물관에도 가짜가 전시되어 있기도 한다.

《플랜더스의 개》와 23년의 세월을 두고 출간된 《뉘른베르크의 난로》도 역시 가난하고 그림에 재능 있는 아이가 주인공이고, 이 아이도 추위와 굶주림에 고생을 한다. 두 책의 다른 점은 아우구스트는 자신이 원하는 것을 위해 싸운다는 점이다. 넬로는 세 들어 살던 집에서 쫓겨나기 전에 먼저 나가자며 새벽에 모든 것을 놓고 떠났지만, 아우구스트는 이미 팔린 난로를 절대 빼앗기지 않으려고 주먹을 휘두르며 싸운다. 넬로는 코제 씨의 지갑을 찾아주고 알루아의 집에서 추위와 배고픔을 피하게 해달라고 부탁하는 대신 그냥 문을 닫고 나왔지만, 아우구스트는 바이에른 왕의 무릎을 잡고 제발 난로 옆에 있게 해달라고 애원한다. 그래서 아우구스트는 덤으로 예술 학교까지 다니게 되었다.

문을 두드렸는데 안 열리면 그만이다. 인생을 해피엔딩으로 바꾸는 건 아우구스트처럼 적극적으로 문을 한 번 두드려보는 행위가 아닐까?

손인혜

1839년   영국 서퍽 주 베리 세인트 에드먼즈에서 태어났다. 어머니 수잔 서튼은 와인 상인의 딸이었고 아버지는 프랑스인 가정교사였다.

1860년   아버지의 수입이 일정치 않기 때문에 가난한 집안 살림을 돕기 위해 잡지 등에 글을 발표하면서 스무 살부터 소설을 쓰기 시작했다. 《그랜빌 포도밭》 을 월간지에 연재하면서 작가로 데뷔했다.

1863년   《그랜빌 포도밭》이 3년 뒤 《속박》이라는 제목으로 출간되었다. 초기 작품 은 바이런의 영향을 받아 감상적인 정서를 중시하는 낭만주의적 경향을 보 였다.

1865년   《스트라스모어 계곡》을 출간했다.

1867년   런던의 랭햄 호텔에서 머물며 《두 깃발 아래서》를 썼다. 출간 후 연극과 영화 로 만들어질 정도로 많은 인기를 얻었다. 5성급 호텔과 꽃가게의 청구서를 손쉽게 처리할 수 있을 정도로 많은 돈을 벌었고, 호텔에서 군인과 정치인, 오스카 와일드, 로버트 브라우닝, 존 밀레이 같은 예술가를 초대하여 파티도 열었다.

1871년   어릴 적 아버지에게 들었던 벨기에의 구전 이야기를 모티브로 소설을 쓰기 위해 벨기에 안트베르펜으로 여행을 갔다. 그곳에서 루벤스의 그림에 심취 하여 루벤스의 그림과 평소에 좋아하는 개를 주인공으로 《플랜더스의 개》를 쓰기 시작한다.

1872년   위다의 작품 중 가장 유명한 《플랜더스의 개》를 출간하여 큰 호평을 얻었고, 19세기 중후반 영국에서 최고의 인기를 누렸다.

1874년   생애 대부분을 영국 런던에서 지내다가 이탈리아를 여행한 후 어머니와 함 께 피렌체에 영구 정착했다.

1880년   《나방》을 출간했다.

1883년   《오후》를 출간했다.

1893년   《새로운 사제들 : 동물 실험에 반대하며》를 출간했다.

1895년 《뉘른베르크의 난로》를 출간했다.

1908년 동물을 무척 사랑했던 위다는 말년에 30여 마리의 개들과 함께 지냈다. 재정 관리를 잘하지 못했고, 사치스러운 생활로 가산을 탕진했다. 말년에 가난과 질병에 시달리다가 69세에 폐렴으로 세상을 떠났다.

옮긴이 손인혜

경희대학교와 동 대학원을 졸업했으며 번역가로 활동하고 있다. 옮긴 책으로 《오즈의 마법사》,
《환상의 나라 오즈》, 《오즈의 오즈마 공주》, 《거울나라의 앨리스》 등이 있다.

플랜더스의 개 위다 단편선

개정판 1쇄 펴낸 날 2021년 3월 20일

지 은 이   위다
옮 긴 이   손인혜
펴 낸 이   장영재
펴 낸 곳   (주)미르북컴퍼니
자 회 사   더클래식
전   화   02)3141-4421
팩   스   02)3141-4428
등   록   2012년 3월 16일(제313-2012-81호)
주   소   서울시 마포구 성미산로32길 12, 2층 (우 03983)
E-mail   sanhonjinju@naver.com
카   페   cafe.naver.com/mirbookcompany

* (주)미르북컴퍼니는 독자 여러분의 의견에 항상 귀 기울이고 있습니다.
* 파본은 책을 구입하신 서점에서 교환해 드립니다.
* 책값은 뒤표지에 있습니다.

더클래식

세계문학
컬렉션

12 | 위대한 개츠비 | 프랜시스 스콧 피츠제럴드

〈타임〉지 선정 현대 100대 영문소설 / 어니스트 헤밍웨이가 인정한 완벽한 일급 작품
20세기 100대 영문소설 1위 / 미국대학위원회 선정 SAT 추천도서 / 뉴욕 공립도서관 추천도서
대한민국 명사 101인의 대표 추천작 / WTO 북클럽 추천도서

13 | 도리언 그레이의 초상 | 오스카 와일드

미국대학위원회 고교 추천도서 101 / 대한민국 명사 101의 대표 추천작

14 | 벨 아미 | 기 드 모파상

모파상의 가장 매력적이고 파격적인 작품 / 19세기 파리를 뒤흔든 파격 스캔들
2012년 개봉한 영화 〈벨 아미〉 원작

15 | 이상한 나라의 앨리스 | 루이스 캐럴

난센스와 판타지의 대표작 / 아카데미 '미술상' 수상한 영화의 원작
19세기 가장 유명한 영국 아동문학 작가

16 | 두 도시 이야기 | 찰스 디킨스

영국이 낳은 가장 위대한 소설가 / 영화 〈다크나이트〉의 모티프
미국대학위원회 선정 SAT 추천도서 / 서울시 교육청 선정 청소년 필독도서

17 | 햄릿 | 윌리엄 셰익스피어

대한민국 명사 101인의 대표 추천작 / 서울대학교 권장도서 100선 / 서울대학교 동서고전 200선
연세대학교 필독도서 / 미국대학위원회 선정 SAT 추천도서 / 국립중앙도서관 선정 청소년 권장도서

18 | 오페라의 유령 | 가스통 르루

4대 뮤지컬 〈오페라의 유령〉 원작 소설 / 프랑스 최고 추리소설 작가

19 | 1984 | 조지 오웰

〈타임〉지 선정 세상을 움직인 책 100권 / 〈텔레그라프〉지 완벽한 도서관을 위한 권장도서 100
세계 3대 디스토피아 미래 소설 / 〈가디언〉지 권장도서 / 뉴욕 공립도서관 추천도서
하버드 대학생이 가장 많이 산 책 1위

20 | 수레바퀴 아래서 | 헤르만 헤세

대한민국 명사 101인의 대표 추천작 / 헤르만 헤세의 사춘기 시절 경험을 바탕으로 한 자전적 소설
노벨문학상 수상 작가/ 국립중앙도서관 선정 청소년 권장도서

21 22 23 | 안나 카레니나 1~3 | 레프 니콜라예비치 톨스토이

톨스토이 생애 최고의 리얼리즘 소설 / 서울대학교 권장도서 100선 / 서울대학교 동서고전 200선
연세대학교 필독도서 / 미국대학위원회 선정 SAT 추천도서 / 오프라 윈프리 북클럽 권장도서
논술 및 수능에 출제된 책(1998~2005)

24 | 오즈의 마법사 1 – 오즈의 위대한 마법사 | 라이먼 프랭크 바움

미국대학위원회 선정 SAT 추천도서 / 연세대학교 필독도서 / 국립중앙도서관 선정 우수 번역서

25 | 리어 왕 | 윌리엄 셰익스피어

대한민국 명사 101인의 대표 추천작 / 서울대학교 권장도서 100선 / 연세대학교 필독도서
미국대학위원회 선정 SAT 추천도서 / 〈가디언〉지 권장도서 / 세인트존스 대학교 권장도서
논술 및 수능에 출제된 책(1998~2005)

* 더클래식 세계문학 컬렉션은 계속 출간될 예정입니다.